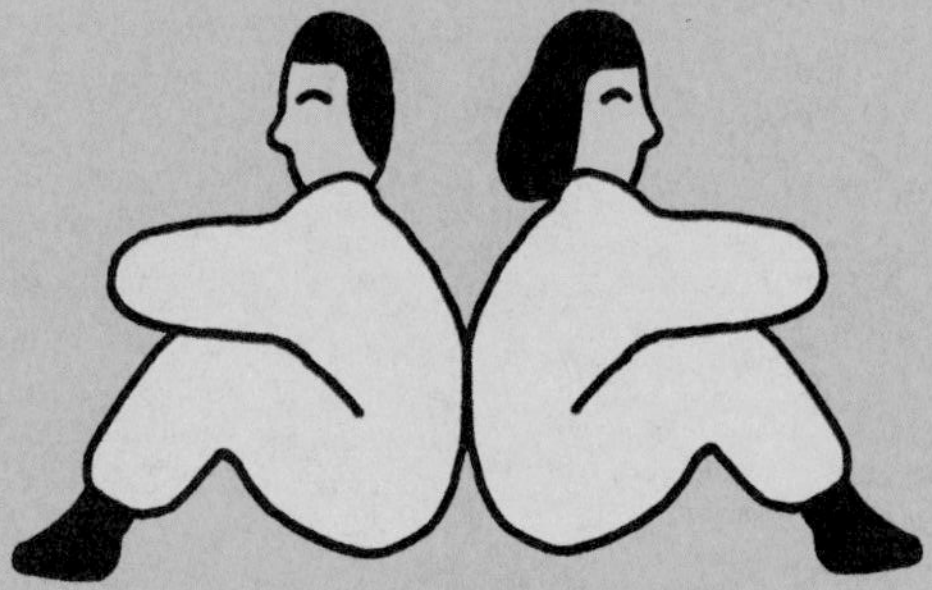

自分と他人の許し方、あるいは愛し方

三砂ちづる

ミシマ社

自分と他人の許し方、あるいは愛し方

まえがき

「魔がさした」という言い方をすることがあるんだけど、「魔」ってなんだろう。

本当はこう生きていたいのに、本当はこんなに愛していたいのに、本当はこんなつまらないことは忘れていたいのに、本当はこんなことこだわっていないで許していたいのに。

魔がさすのだ、魔が。

「魔の正体は、自己憐憫（れんびん）と罪悪感です」、今となってはいったいどこからこの言葉を覚えたのか、何かで読んだのか、誰かに聞いたのか、なんだかよく思い出すことができないのだが、魔の正体は自己憐憫と罪悪感である。

わたしってどうせだめなんだから、どうせわたしなんか……これが、自己憐憫。なにかわるいことしちゃったんじゃないだろうか、いや、ぜったいわたしがわるいことをしてしまった、わたしがわるい、わたしのせいだ、わたしの存在がよろしくない……これが罪悪感。

闘わなければならないことって本当にそれだけなんじゃないかと思う。自己憐憫と罪悪感。

生まれてきただけで完璧な存在で、世界に愛されていて、この世に受け止められていて、ここにいていいのだ。人間はみんなそう思って生まれてきて、そう思って育ってゆくことができるような存在のはずなのだけれど、あなたもわたしもいろいろな欠点があるように、あなたとわたしが生まれてきたとき周囲にいた人も欠点だらけだったために、また、生きているこの時代と世界が、けっこう、それなりにめんどくさかったりするために、シンプルに、生まれてきた自分は、この世界に全幅(ぜんぷく)の信頼を置けなくなっちゃったりしているのである。

誰のせいでもない。誰を責めることもできない。

そんなふうに素直に育てなかったことに対して、親に文句言ってみたい気持ちはおありかとも思うのだけれど、自分が欠点だらけの人間であるのと同じくらい、自分の親もまちがいだらけで欠点だらけのただの男と女だったから、なんだかいろんなことをまちがっちゃったりもしたのである。もとより生まれてきた時代と世界を責めるわけにもいかぬ。それはまあ、所与の条件だから。

それでもこの自己憐憫と罪悪感、という「魔」とは、それを「魔」だと意識すれば闘うことができる。

わたしを先生と呼ぶ若い友人（女子大の先生だから、けっこう、先生と呼ばれる）が「先生！　自己憐憫と罪悪感が諸悪の根源でしたよね！」と言うので、いやいや、諸悪の根源、ってそれは言いすぎですよ、それほどのものじゃない。自己憐憫と罪悪感が魔の正体だって言ったのよ。何が違うんですか、って言われたらうまく答えられない気がしたのだけれど、そのあたりは、この本を読んでいただければひょっとしたらわかるかもしれません。

「自分と他人の許し方、あるいは愛し方」の世界へ、ようこそ。

もくじ

一章

恋も愛も超えた関係

死ぬほどの恋

六十代とか七十代の人に、「人生で後悔していることがありますか」と訊くと、一番多く返ってくる答えは、「死ぬほどの恋をしなかったこと」だ、と、書いてある本を読みました、と、学生が言う。

だから、「二十代に死ぬほどの恋をしたほうがいいんだそうです」。なるほど。

そうは言っても、恋はそんなに簡単にできない。できる人もいるだろうけれど、できない人もいる。ましてや、「死ぬほどの恋」など、誰にでもできることではないのだ。

恋は簡単にはできないことだけれども、結婚やセックスは、おおよその多くの人が、やりたければできることを前提に、みんなに開かれているほうが、おそらくは良いような経験である（しない人、したくない人がいて、もちろん、いいけど）、と、人類の多くが思ってきたことに、わたしも賛成する。

人類の多くがそのように思ってきたので、長い間、マジョリティーは、おおよそ結婚したり、子どもをつくったりしてきたのである。だから人類がここまで続いてきたとも言える。

今となっては、結婚自体がなんだかとても特別で難しいものになってきてしまっているようなのが気になるが、もともとはそういうことは本人だけに委ねず、周りがいろいろ心配して、結婚させていたものなのだと思う。しかし、そういうふうなやり方がよろしくない、各自、好きな相手を探すほうがよろしい、ということになってしまった。人類の歴史は自由を求める歴史なのだから、仕方のないことである。

結婚もセックスも、おおよその人は経験できる仕組みになっていたことが機能しなくなっていることは、ひとまず、わきに置いておく。

結婚やセックスがおおよそ誰とでもできるものでありうるとしても、「恋」というのは、そもそも、誰にでもできるものではなくて、「死ぬほどの恋」なんか、もっとできるものではなかった。だから、誰にでもできるはずではない「恋」を結婚の条件にすると、結婚はできない。

今どき、結婚したいです、誰か紹介してください、とおっしゃる方も、ご自身で結婚相談所などに登録する方も、「一目で恋に落ちる」相手を探しておられる方が少なくない。結婚を前提に紹介しても、結婚相談所に相談しても、「一目で恋に落ちる人」に出会える可能性は限りなく低い。

「結婚相手を探しているので紹介してください」と、知り合いの若い女性に言われたので、「探してみるけど、一目で恋に落ちる、とか、そういうこと、期待しないでね」と言ったら、なんのことを言っているのか、わからないようであった。「結婚を前提にお付き合いできる人」とは、「一目で恋に落ちるような人」である、と、思い込んでいる。

それって、結婚することより、ずっと難しいことである、ということをわざわざ説明しなければならなくなってしまった今ってどうなの、と思えど、ご本人はとにかく、わたしが言いたいことは、すぐには理解できないようで、そのように思っている人は、彼女に限らないことが、わたしにも最近よくわかってきた。

なかなかできないからこそ憧れる、「死ぬほどの恋」なのであるが、もちろん、一人ではできない。一人だけで、まったくの片思いで、相手からはなんの反応もないことは、たまらなく切なくはなっても、「死ぬほどの恋」にはならない。

「死ぬほどの恋」というのは、それなりの求め合う関係性が、濃淡に差はあるかもしれないけれど、確実にあり、それがどういう形で成就するのか、先が見えず、あるいは、周りとの関係性において、むやみに傷ついてしまうようなことになるから「死ぬほどの恋」になるのだ。

楽しいばかりではなく、けっこうつらいものが「死ぬほどの恋」なのであるが、多くの人が年齢を重ねてしまったときに後悔するほど憧れるのは、自分という存在が、理不尽なほどに相手に求められ、自分もまた相手を求める、という果てにこそ、「死ぬほどの恋」があるからなのだ、と思う。

わたしたちは、自分が相手を求め、そして、誰かに求められること、全身全霊で求められることにこそ、憧れるのだ。

求められる経験は、その人を強くする。何よりも、求められたことが自信につながるから。それから後どのようなことになるにしても「死ぬほどの恋」は死ぬほどの思いを抱いた人に求められた時点で、少なくとも、承認欲求は十二分に満たされた状態になるから。

それほどに、人を求め、求められることを求めるわたしたちであるが、なかなかそんなふうに、お互いに求め合えない。「死ぬほどの恋」は、だから、憧れに終わることが多い、ということになる。

「死ぬほどの恋」じゃないけど、人に求められる、という、本当のところ、最強の経験というのは、なんといっても、母親になることなんだと思う。

子どもを産んだ人は、実に理不尽に、産んだ子に求められる。産んだ子はもちろん母親でなくても育つし、誰か親密にそばにいる人がいれば、育つ。そしてその人を求めるようにもなる。しかし、自分が子どもを産み、子どもをそばにおいて、子どもに授乳し、面倒をみる日々を重ねていると、その子にとってどうしても自分でなければならない、という理不尽な求められ方をしていることが、よくわかるようになる。

どの男性が、これほど自分を求めてくれたであろうか。どの友人が、これほど丸ごとの自分を受け入れてくれたであろうか。

産んだ子どもは、ただ、あなただけが欲しくて、あなただけを受け入れたい。あなたは、あなたであるだけで、求められている。あなたがそばにいれば、赤ちゃんは安心し、そばにいないとあなたを求めて泣くし、あなた以外の人に抱かれてもあなたに見せるような笑顔を見せはしない。おっぱいを飲ませている子どもなら尚更のこと、あなたはただ、赤ん坊に、誰にも求められたことがないほど、求められ、あなたもまたそれにこたえる。

それは、とんでもなく贅沢な、求められ、求め合う、喜びのはずだ。「死ぬほどの恋」にもまさるほどの。

子育てが大変とか、ストレスでいっぱい、とか、今、子どもを育てることはとても大変、という文脈でしか語られないのであるが、これが「死ぬほどの恋」に匹敵するほどの、求め、求められる関係の創生であることは、もっと語られてもよいように思う。

そういう関係を持つことは、誰より、お互いを強くする。赤ちゃんも、母親も強くなるのだ。一人よりも二人。二人よりも三人。子どもが増えていく、とは、そのように自分が求められる経験が増えていく、ということだ。絶対的に自分は求められている、という思いが、その人の存在への自信を強めていく。

本当の女性の強さ、というのは、おそらく、そうやってつくられ、多くの女性に備わってきたものなのではないのだろうか、と、うらうらと考える。

では、子どもを産まない人はどうしたらいいのか、そもそも子どもを産まない男はどうしたらいいのか。「死ぬほどの恋」も、「子どもを産むこと」も、結果としてできない人が多いのだから。

そういうインパクトの強い経験がなくても、生きていかねばならないからこそ、それでも人は、お互いを求め、求められる経験が必要だからこそ、人間は、「献身のエトス」などを身につけてきたのだと思うけれど、それはまた別の機会に語ってみることにする。

妾という解決

今が旬、尾上菊之助さんの役者としての一瞬、一瞬の変化を見逃したくないと思っているので、舞台に出かけてゆく。

二月（二〇一七年）の歌舞伎座では「梅ごよみ」という演目がかかっていた。歌舞伎はけっこう重くて暗い演目も少なくないけれど、これは軽めで、美しくて、とても楽しくて、笑うところも多くて、春の喜びが感じられるような演目。

菊之助さんは仇吉、という美しい深川芸者を演じている。筋の基本ラインはわりと単純で、染五郎さん演じる丹次郎という、お嬢さんの許婚もいる「美しくていい男」をめぐって、芸者仇吉と、もう一人の深川芸者、米八が張り合うというお話。

それに、家宝の「茶入れ」が盗まれた、とか、取り返す、とかいう話が絡(から)んでいくのだが、基本的には、女三人で一人のいい男を取り合う、という他愛のない設定です。

今回は勘九郎さんがいい持ち味で米八を演じておられる。米八はご器量はともかく面倒見と気っぷの良い、情の深い芸者で、許婚がいることは知っているが、丹次郎を自分の家に住まわせて面倒をみている。

仇吉のほうは、絶世の美女。舞台の最初に、屋形船に乗った仇吉は、別の船に乗っている丹次郎を見かけ、「いい男だねえ」としみじみとつぶやき、その後、丹次郎に近づいていくのである。菊之助さん演じるこの場面の美しさは、もう、この世のものとも思えない。こんな素晴らしい場面をみせられて、それだけでもう、歌舞伎座を出て帰ってもいい、と思うくらいだったが、帰らずに最後までみた。

絶世の美女に迫られた丹次郎は、当然、仇吉とも良い仲になる。その後はもう、米八と仇吉で、下駄を投げるやら、打ち据えるやら、羽織を踏みつけるやら、三味線のバチで殴るやら、男をめぐって二人の大乱闘が展開され、巷(ちまた)の話題になったりするのであるが、最後は、丹次郎はさっさと許婚のお嬢さんと祝言(しゅうげん)を挙げてしまう。男をめぐって大乱闘していたというのに、当の男は別のお嬢ちゃんと結婚してしまうなんて、「しらけるねえ」と米八にぼやく仇吉のせりふで幕となる。同じ男を愛して取り合ったのに、その辺のお嬢ちゃんと結婚されちゃったことによる、敗者同士の連帯感は、おかしいだけじゃなくて清々しい。

菊之助さんの説明によると、「しらけるねえ」で、幕にはなるのであるが、お話としては、その後、この仇吉と米八は「丹次郎の妾(めかけ)になる」ということで、丸く収まるのだそうである。丹次郎と結婚したお嬢様だったお蝶さんと、この芸者二人は、丹次郎をめぐって、三人でけっこう仲良くシスターフッドの絆(きずな)の元に暮らしたのだ、とか。

それを聞いてなんだかとってもいい話だなあ、と思ってしまって、わたしの頭は、その後、「妾という解決」でいっぱいになった。

悪くないいんじゃないか、妾。

人間だから、いろんなことがある。いくら、親同士が決めた、あるいは、家の体面のために、あるいは子孫を残すために、あるいは生活の安定のために、あるいは、誰かを思い切るために、「この人でいいかな」程度で結婚するとしても、いい大人であれば、それまでに思いを通わせた人は何人かいるものだろう。

米八は丹次郎を住まわせて、食べさせていたのであり、仇吉も、それこそ燃え上がるような恋を丹次郎と経験していたのだ。結婚したからといって、そんなにさっぱりその二人のことを「切れる」ものだろうか。

「切って」しまうとしたら、それはあまりにも薄情な話に聞こえるし、「切れない」としたら、それはそれで、結婚しているのに「不義な仲」、要するに、今ふうに言えば、不倫を続ける、ということになってしまう。切っても切れなくても、人間の情、や、心のあり方、ということからすれば、あまりよろしくない解決となる。

丹次郎は結婚しましたが、情を通わせていた二人の女も切ったりしないで、妾にしました、は、時代は違うとはいえ、いい話だなあ、と思ってしまったのである。

いい男というのは、要するにいつの時代もモテるのであり、黙っていても女が放っておかない。丹次郎という男は、勘当されている、とかで、実際に仕事はしているんだかしていないんだかよくわからなくて、人間関係に翻弄（ほんろう）されたり画策したりということはやっているものの、「バリバリ仕事してます」というタイプじゃないんだけど、要するに色男なのである。そして、お嬢様と結婚したのだから、経済的にも余裕が出たことであろう。結婚して経済的に余裕が出たから、妾も持てる、というのはまことに良い話に思えたのだ。

　丹次郎は、妾二人にどの程度の経済的援助をしたのか、は、実は怪しい。仇吉も米八も、売れっ子の芸者だったのだから、家くらいは自分で持っていたのかもしれない。妾はもちろん男が家を買い、金を出して囲うのが前提だから、丹次郎は金は出していただろうが、どれほどの甲斐性があったのかはわからない。

　女にとって、バリバリ仕事をしている甲斐性のある男ばかりがいいわけじゃない、というのは、いつの時代も変わらない。ちょっとくらい金がなくても、いい男には、惚れていたいし可愛がってもらいたいのである。

自分に甲斐性があれば、そんなに甲斐性があるわけじゃないいい男の妾になることも不可能じゃない。昔は「芸者」に「髪結い」が甲斐性のある女性だったのだろうが、今は男女共同参画の時代で、女性が金を稼ぐことで輝ける存在になるように首相以下がんばっておられるようなので、甲斐性のある女性はたくさんいる。

甲斐性のある女だから、男に養ってもらおうなどと思っていなかったりするし、そういう女はどんどん増えている。恋愛こそが人生で一番素晴らしいものだから、恋愛はするけれど、甲斐性のある女なので、つい、金のない男に食事からお茶からホテル代まで出してしまったり、男を家に連れて帰ってきちゃって半分、住まわせたりしてしまうのである。

「いい男」はおおよそ早めにほかの女のものになってしまっているので、だいたい結婚していることが多いのだが、甲斐性のある女は結婚している男と恋愛すると、一夫一婦制の幻想に縛られているため、自分がせっせと貢（みつ）ぐことで、いつかこの男は妻を捨てて自分のものになってくれる、と思ったりする。しかしながら、結婚している男は、おいそれと離婚したりしない。

そこで、甲斐性のある女たちは、甲斐性があるものだから、そのまま働き続けて、不倫を続け、生殖期をあっという間に過ぎてしまい、結婚もできず子どもも産めず、独身で生涯を過ごすことになってしまったりするのだ。わたしはこれを痛ましいこと、と思う。

明治の法律では妾が公認されて二等親とみなされていた時代もあるのだが、今は当然、公的には認められていない。公的には認められていない、と言っても、存在しないわけではない。妾になれば、妻も認めているわけであり、不倫ではない。隠れて不倫をするわけではないのだ。認められているから、子どもも持てる。

「妾という解決」は、今の、非婚、少子化時代の一つの出口にならないのかなあ。ならないだろうなあ。

わたしたちはあまりに恋愛幻想と一夫一婦制を同じものと考えすぎているから、だいたい、妾、ということを今は「妻」が認めることができまい。

わたしだけの人だと思っていたのに、どうして他の女がいるの、そんなことするくらいなら、離婚してちょうだい、ということになるのだろう。そうして、妻から申し出て離婚、となれば不倫している夫は、これ幸いかもしれないが、離婚を申し出た妻は、生活力があるとは限らず、シングルマザーになって貧困に陥ったりする。妻から夫を奪った甲斐性のある女は、妾じゃなくて、妻になるが、そういうことをする「いい男」は、また引き続き、他で不倫をするだろうから、同じストーリーが繰り返される。

「妾という解決」の道は遠い。

しばらくは男も女も一夫一婦制の幻想の元で、愛し合ったり、不倫したり、傷ついたり、悩んだりするしかないのでありましょう。

アイ・ラブ・ユー、バット

クイーンの伝説のヴォーカリスト、フレディ・マーキュリーを主人公とした映画、「ボヘミアン・ラプソディ」の大ヒットのせいで、年末（二〇一八年）からずっと忙しかった。往年のクイーン好きであるわたしの世代（今、還暦）は、みんなそうだったのではあるまいか。

映画をみに行く前は、「そんな……、俳優さんがクイーンやるの？　無理でしょ？　フレディは絶対的な存在だ」と思っておりましたし、日本のみならず、世界の数多のクイーン好きも同様の意見だったと思います。

しかし、クイーン好きとしては、そこに映画ができたなら、みに行かないわけにはいかず、日本の公開前に出張先のジュネーブの小さな映画館でみることになる。フレディの「時間まもらないって？　スイスの時計作ってんじゃないんだから」みたいなせりふに、大笑いするスイス人のみなさまと一緒にみたのだが、最後はみんな圧倒されて、呆然としていた。わたしも言葉を失ってしまった。

クイーンの一九八五年のライブ・エイドでのパフォーマンスは、クイーン最高の、というか、ロック界最高のパフォーマンスとして名高い。

この二十分ほどのクイーンの舞台を、何度みたかわからない。YouTubeが普及していつでもみられるようになったが、その前からモントリオール・ライブのＤＶＤにこのライブ・エイドの映像が入っているので、いつも元気がなくなると、この映像をながめていたのだ。ＤＶＤがあるというのに、ブルーレイ版が発売されると早速買って、画像のよさに、にやにやしたりもした。まあ、好き、というのはそういうものだ。

勤務先の女子大で「国際保健」という講義を担当しているが、そこでＨＩＶ／ＡＩＤＳの講義をするときは、いつも最後にこのクイーンのライブ・エイドのパフォーマンスをみせていた。

みなさん、このフレディ・マーキュリーは一九九一年にロンドンでエイズで亡くなったのです。そのときは、まだ、エイズ治療薬は、開発されていなかった。一九九六年の国際エイズ会議で、いくつかの抗ウィルス薬を複合して使う多剤療法が発表され、HIVプラスであっても、薬を飲み始めれば、エイズの発症がおさえられるようになり、エイズは死に至る病気ではなくなりました。ああ、なんと素晴らしかったフレディ……。あと五年生きていてくれたら治療薬ができたのに……。

みたいな授業をしているのだ。だから、ライブ・エイドのパフォーマンスについては、フレディの動きのみならず、舞台の細部にいたるまで記憶していた。

映画「ボヘミアン・ラプソディ」は、このライブ・エイドで始まり、ライブ・エイドで終わる。ライブ・エイドの映像を一〇〇〇回くらいみていると思う（大げさ）わたしはそのあまりの細部にまでいたる詳細なコピーぶりに、まず打ちのめされてしまった。

フレディの表情から動きから、ピアノの上の飲み物の量までほぼ完璧。もちろん、主演でアカデミー賞までとってしまったラミ・マレック君はフレディじゃないことはよくわかるのだが、とにかく身体意識のレベルで、フレディ。ギターのブライアン、ドラムのロジャー、ベースのジョン、映画の途中から、彼らはホンモノにしかみえなくなっていた。

ライブ・エイドの舞台はそのままだが、その他のストーリーはいい感じで編集されていて、一気にみてしまう。実際にライブ・エイドの頃のフレディはＨＩＶ感染を知らなかっただろう、と言われていたと思うけど、その辺は映画では、知っていることになっていて、それが映画の最後に向けて大きな盛り上がりのファクターとなるのだ。

で、なぜこの映画のせいで忙しかったのかというと、もちろんみに行かねばならない、ということが一つ。年末年始に入試に年度末という、繁忙期に、ついつい何度も映画館に足を運んでしまったし、あまりに話題になっていて、新聞やら雑誌やらテレビやらでとりあげられているので、それを追うのも、また大変。

朝ごはんを食べながらＮＨＫのニュースをみていて、さあ、仕事に出かけよう、とするとブライアンとロジャーがニュースに出てきたりするので、しばし、テレビに釘付けにならねばならない。だいたい、ＮＨＫは、おそらく内部にクイーン好きな人がいるのだろう。特別番組などもともとたくさんあったのに、さらに多くの番組が組まれたので、追いかけるのが精一杯。海外出張したときも、機内でこの映画をやっているので、寝ている暇もなかった……、と、まあ、この映画はわたしを忙しくしたのである。

地元、立川の映画館では〝ライブ上映〟なる、立ち上がったり声を出したり拍手したり一緒に歌ったりできる上映会が時折開催されており、そのライブ上映の日にちが決まるや、ネット上で二分で席がいっぱいになる……ようなことになっていて、どこまでいくやら、クイーン・ブーム、な、平成の終わり、である。

この立川の映画館も、もともとどなたかクイーン好きがいるにちがいなくて、このブームの前から、モントリオール・ライブの上映会などをなさっていて、わたしは是非行きたい、と友だちを誘うも、同世代のロック好きおばさんたちからは

「えー、ディープ・パープルとかツェッペリンなら行くけど、クイーン？　行かなーい」とか、言われていた。

実際我々が若い頃、クイーンは、見かけがチャラい（そういう言葉は当時なかったが）女の子向けバンドで、その程度の「少女趣味」「見かけだけ」「ロック好きならクイーンじゃないだろ」みたいなところがあった。でも、違った、って今は、みんなわかっている。息子によると、親と一緒にみに行く人も多く、子どもたちが感動するのに、親が満足、という状態になっているらしい。ほんとに、うれしい。

しかし、この映画で、今回、一番胸をつかれたのは、フレディ・マーキュリーが自らがゲイである、と、ガールフレンドのメアリーにカミングアウトする場面でのメアリーのせりふである。

フレディが自分はバイ・セクシャルなんだと思う、と、メアリーに言うと、メアリーは、「いつもそうなのね。あなたは、I love you, but（愛してるよ、でも）他に好きな人ができたんだ、I love you, but　自分の時間が必要なんだ、I love you, but　ゲイなんだ……。いつもそう言う……。なんてこと。何よりつらいのは、それがぜんぜんあなたのせいじゃないっていうことだわ」（少しまちがってるかもしれないけれど、そういう内容のせりふを言っている）。

アイ・ラブ・ユー、バット……。

愛してるよ、本当に愛してるよ。でも……結婚したりするんじゃない、一緒に住むわけでもない。

フレディは、その後も、ずっと経済的にメアリーを支え続けたのは有名な話だし、メアリーもパートナーができ、子どもができても、フレディを支え続けた。彼ら二人は、世間でいう、結婚したカップルでも、恋人同士でも、愛人同士でもなかったが、お互いの人生を見届けたのである。

結婚しなくても、愛し合えるのか、ゲイでもいいのか、新しい恋人ができたら別れなくてもいいのか。関係性ってなんだろう。男と女って、結婚する以外に、お互いの人生を見届けることってできるのか。

若い頃は、不倫をしていても、いつか結婚できるんじゃないかと思ったり、今は出口がないけど、この関係性にも何か出口があるんじゃないか、と思えたりする。わたしたちくらいの年齢になると、関係性というのは、何か、最終ゴールがあるわけじゃないことがわかってくる。関係性の終わりが来る前に、いのちのほうが終わってしまったりすること、が、みえてくるのだ。

結婚や、同居だけが共に生きることではない。寝ることだけが目的ではない、アイ・ラブ・ユー、バット……の関係を持ち続けることこそが豊穣にみえてきたりする。

「ボヘミアン・ラプソディ」をみながら、考えたのは、「人生を見届け合う」、アイ・ラブ・ユー、バット、な関係のことだったのである。

献身のエトス

人が人の面倒をみる、ということは、肯定的に語られなくなった。そのこと自体、つまりは、そんなに無理して人の面倒はみなくてもいい、という雰囲気自体に、ずいぶんとわたしたちひとりひとりは助けられているのだ。

子育ては大変です、と言ってもよいことになった。まあ、端的に言って、実際に大変なことだから、大変だと言っていいと思うし、今子育てのさなかにおられる方は、確かに大変だと思うし、周囲が助けるべきだし、少子化の現在、ひとりひとりの子どもの健やかな学びのために、行政も支援すべきである。そのとおりである。介護保険をはじめとする介護のシステムも、まだまだご批判はあろうが、基本的には、女性や家族に介護を押し付けるべきではない、という発想が背景にある。

家族で介護するのは大変なのだから、とりわけ、家にいる女に押し付けるのは理不尽だから、どのようにして社会的に助けるのか、という発想でわたしたちは考えるし、そのようにシステムも整備されつつある。

もちろん十分ではない、という、当事者の思いはまだまだあると思うが、基本的に、個人や家族に無理を押し付けない、社会でみましょう、という発想はしっかりと根付いていると思うし、それは実にけっこうなことで、実際にわたしたちは助けられているのだ。こういうことについて、少しずつだが、良い世の中になっている、という言い方をしても、まちがいではないと思う。

そういうことになっているから、「献身のエトス」というものは、ありがたがられることも、愛(め)でられることも、あんまりなくなっている。

家族のために、家族の安寧(あんねい)のために、ひとりひとりが気持ちよく暮らせるように、この人のために、陰の存在として身を粉(こ)にして働いて、それがわたしの幸せです、などという女性は、おそらく一昔前にはたくさんいて、たくさんいたぶん、そういうことを良しとしない、と思う人も多かったわけだから、今どきは、はやらなくなった。

そういう方も実際にはまだたくさんおられるのだろうが、「わたしは家族のためになんでもやってあげるのが幸せです」などと周りに誇りを持って言えなくなって、そんなこと言おうものなら、あら、あなた、そんなに無理しなくても、もっと自分の時間を楽しんだらいいわよ、とか、もっとあなたの人生を生きたほうがいいわよ、と、人のために生きる人生は、自分自身を生きる人生ではない、と言われるのが、今の時代である。

何度も申し上げているように、それは基本的には良きことなのである。ひとりひとりが、自分がやりたいことを追求したり、あるかないかわかりはしないとはいえ、自己実現なるものを目指したとしても、誰も文句を言わないのである。

しかし、「献身のエトス」は献身されるものの幸せ（迷惑かもしれないが）ではなく、献身する側の生きるようすがを提供するものである。

だいたい、献身する相手がいる、ということが、自らが努力の上で築いてきた人間関係の上に自分が立っている、という証（あかし）でもあるのだ。誰でも、誰にでも献身させてもらえるものではない。子育てが終わり、おおよその介護も、親から配偶者までほとんど終えてしまった自分の感覚からしても、よくわかる。

幼い人なら誰でも育てさせてもらえるわけではなく、逝く人なら、誰でも看取ることを許されているはずもない。身近な世話をさせてもらうことは、特権であり、世話をさせてもらう人は選ばれている。世話をさせてもらうことは、信頼と社会的承認との果てに、可能なことなのである。

既婚男性と不倫している女性には、わりとこういうことは、よくわかるんじゃないか。不倫している女性の多くの気がかりと、そのかなしみは、「この人がわたしの知らないところで倒れるのではないか、そして死ぬのではないか、そしてわたしはその場にかならずや、居合わせることはできない」ということである。どんなに身近でも、世話をさせてもらったりは、できないのが、不倫という関係だから。連絡が取れなくなることは、恐ろしいことであるし、愛する人を世話できないことは、かなしみなのである。

そのようにして思えば、人間関係の求める究極の姿は、世話をさせてもらうことであり、その人の生涯を見届けさせてもらうことであり、それこそが「献身のエトス」だった、と思うし、繰り返すけれど、今どき、そういうことは愛でられないのであるけれど、幸せなんてそこにしかないのではないか、とも、やはり、思うのだ。

「この世」から「あの世」、「あの世」からわたしたちが生きうるべき「もう一つのこの世」、の道筋を自在に示した天才作家、石牟礼（いしむれ）道子さんの三回忌（二〇二〇年二月）だった。

評論家であり思想史家、『逝きし世の面影』を書いた渡辺京二さんが、編集者として、秘書役として、最後まで石牟礼さんを一貫して支えておられたことは、ご本人の著作にも出てくるし、様々な記事でも取り上げられており、よく知られている[1]。

「もう一つのこの世」、という言い方自体、渡辺さんが使い始められた言葉だ。水俣病を題材とした『苦海浄土』となっていく、石牟礼さんの最初の原稿を受け取られたのが渡辺さんである。この人こそは素晴らしい、と思う人を一貫して支えられた。

当たり前と思うだろうか。当たり前であるはずもない。何があっても、ある人を一貫して支え続ける、という「献身のエトス」は、いかなることがきっかけであったとしても、献身する側の持続する意思と厳しい自己制御なしには、ありえない。

渡辺さんの著作やインタビューによると、実際は、すべてはささげてません、自分の仕事もしていたし、本も書いていたし、家族の生活もあるし……、とおっしゃっているし、実際、とんでもなくレベルが高く、近代のありようを深く問うような著作を多く世に問うてこられた方であることは、今さら言うまでもない。『逝きし世の面影』の渡辺京二であり、『黒船前夜』の渡辺京二であり、『バテレンの世紀』の渡辺京二である。石牟礼さんへの献身と、ご本人の仕事や家庭や親密な人間関係は矛盾せず並立している。

様々な医療や介護のシステムをわたしたちはつくりあげてきたし、必要なときはもちろんそういったシステムにお世話になればよい。しかし、できるだけ、人は、親密な人間関係の中で生をまっとうできることが幸せだし、公的なサービスではない、私的な関係性の中で、日々を生きていくところにこそ安寧があるのだ、と、渡辺さんは思っておられるような気がする。

システムがあろうが、なかろうが、誰かの一貫した「献身のエトス」こそが人を支える。

「献身のエトス」とは献身する人が男性であろうと女性であろうと、それは女性性に根ざしていることなのだろうと思う。日本のお母さんのほとんどは、長い時代を「献身のエトス」とともに生きてきたし、それを多くの日本人女性は体現していたが、すべて失った。

昔が良かったなどと言うつもりはない。決してない。それは苦しい時代だった。自由と社会的自立を得るための、女性活躍の時代に「献身のエトス」は、はやらない。

しかし本当は「献身のエトス」は、社会的活躍となんの関係もない、次元の違うところにあるもの。「献身のエトス」の前には、恋愛とか結婚とか家族とか性愛とかは、カテゴリーとして小さくなってしまう。「献身のエトス」はすべてを超えると思う。

どうすれば取り戻せるだろう。ただ、献身できる人間でありたい。

［1］　渡辺京二『預言の哀しみ　石牟礼道子の宇宙II』弦書房、二〇一八年
米本浩二「石牟礼道子と渡辺京二」（『新潮』二〇二〇年一月号より連載中）など。

二章

感情のタメ、時のおもり

かわいやの一

友人が緊急入院していた。幸い一命は取り留め、順調に回復に向かっているものの、いっときは、大変重篤な症状であった。

六十を過ぎると親しくしている人たちの病気、友人の訃報は、日常的に起こる出来事となる。そういう非日常が起こったからといって、すぐにかけつけるのは、基本的に家族の役割なのであって、友人、というのは、いかに親しい友人でも一歩二歩遅れるのであって、かけつけるようなきっかけも、こちら側の都合のつけ方も、うまくゆかない。

なんだか片付かない気持ちがしたとしても、そういうことに慣れてゆき、そんな出来事が重なってゆき、歳を重ね、長生きするということは、共に生きた人が一人ずついなくなる寂しさに耐えることだ、と理解するようになるのだ。

今、ここに共に過ごす時間の美しさと奇跡を、たった今こそ愛でていたい、あとは、ない、ということの実態がみえてくる。本当は、いつだって、そうだったのだ、おそらく。そうじゃない、と信じたかっただけで。

大切な友人を病院に見舞うときの、早く見舞いたかったのに、なかなか行けなくて、やっと会えたときの、適切な言葉ってなんだっけ。なんだか見つからない。

大変だったね。苦しかったね。会えてよかった。元気になってね。どれも気持ちにぴったりとは、合わない。苦しい思いをしている人にふれて、どういう言葉が言いたいのか、わたしは。なんだかもやもやとして言葉が見つからないままに、でも、生きている友人に会えて、少しほっとして病院を離れた。

「かわいやのー」。伊豆諸島神津島（こうづしま）では、しばらく会わなかった人に会ったとき、「かわいやのー」と言うのだそうだ。

もともと役所に勤めておられて、退職後は神津島天上山のガイドをしたりなさっていて、神津島にやってくるあまたの研究者のわらじ親（外から来る人たちをその土地に紹介するような役割の人）をなさっている前田正代さんが、故 金田一春彦氏のコラムを見せてくださった。今ではほとんど使われていないというが、「かわいやのー」はよく使われていた神津島方言であったという。

島、というのは、まあ、日本全体が島でもあるわけだが、海を越えないと島には渡れない。海を越えないと渡れない、ということは天気が悪いと行けないし、船がないと行けないし、飛行機がないと行けないし、自分の足でひたすら歩いては行けない、ということなのである。

大陸に育った人たちは、感覚としてきっと違うんだろうな、自分の足で歩いていけるところがずっとずっとどこまでも続いている、ってどういう感じなんだろう。もちろん山があって砂漠があって、国境があるが、そこに海はない。

でも大陸だって終わりがある。どの大きさだと島で、どの大きさだと大陸か、なんて、地図があるから考えることなのであって、そこで生まれて育ったら、自分の足で行けない先にもまだ土地がある、って思うと、それはその人にとっては大陸みたいなものなのだろうか、と、つらつら思ってしまうけれど、とにかく、島、というのは海を越えないと行けないのだ。

伊豆諸島は東京のすぐそばにある。南西諸島とかと比べるとずっと近いわけだし、同じ東京都内でも小笠原などと比べても、とりわけ伊豆諸島北部の伊豆大島や神津島は距離からすれば近いのである。

神津島に行こうとしたときも、調布空港から四十分ほどで行ける、と聞いて、近いな、と思った覚えがあるが、ところがどっこい。飛行機は一九人乗りであり、一カ月前にコンサートのチケット予約のような気合いを持って航空会社に予約の電話を入れて取るようなプラチナ・チケットである上に、当日、ちょっと霧が出ると飛行機が飛ばない。便がキャンセルになっても、翌日の便は、次の予約でうまっているから、そんなに簡単に席を確保できない。六月に神津島行きを予定して、実際に行けたのは九月であった。近くて遠い、神津島。

そんな神津島に渡って、前田さんがすぐに見せてくださった資料が、「かわいやの―」のコラムだった。金田一春彦氏が個人的に前田さんにコピーを送られたものだそうで、出典が書かれておらず、前田さんご本人も、出典を探されたそうだが、わからなかったようだ。

金田一春彦氏が、神津島に船で渡ったとき、港で、長い間島に帰っていなかったという老齢の女性が、島の女性と抱き合って、「かわいやの―、かわいやの―」と言っておられたところに遭遇した、そこで、方言の豊かさについて考えた、という、各地の方言を研究なさってきた言語学者金田一らしいコラムである。

ああ、これじゃなかったかしら、かわいやの―。わたしが、言いたかったのは。病院で入院してとても心配した友人に、あのとき言いたかった、ぴったりした言葉は。愛おしくて、なつかしくて、うれしくて、また会えたことに感謝するばかりで。

わたしは神津島方言を使える人間ではないのに、あのとき言いたかったのは、かわいやの―、だったな、と言葉を与えられたように思った。

若い友人に、伊豆諸島南部の青ヶ島で研究をしていた人がいて、彼女から、青ヶ島では、誰かと別れるときに「さようなら」とは言わずに「思うわよう」と言うのだ、と聞いていたことも思い出す。

あなたのことを、会えなくなっても「思うわよう」とは、なんと深い情に満ちた言葉なのであろう。またね、でも、さよなら、でも、じゃあね、でもなく、思うわよう、と言って愛おしい人たちと別れたい、と、言葉が与えられた、と感じる。

方言や異なる言葉には、確かに、その言葉でしかあらわせないような感情があって、その言葉を知ることによって、その感情が豊かに受け止められていく感じがあって、自らの母語を繰(あやつ)るだけでは尽くしきれない思いが表現されることに、なんとも言えない喜びを感じる。

そして、その言葉によって表現された感情の部分は、表現されたことによって、さらに深い感情になるような気がする。

ポルトガル語のサウダージ、は有名な言葉、そして、他の言葉では表現できない感情なのである、とポルトガル語スピーカーがみな、そうおっしゃる。

サウダージとは、以前に会ったことがある人、以前に親密な時間をつむいだことがある人と、今、会うことができなくて、その人のことを恋しく、なつかしく思う気持ちのことである。

あのときは一緒にいられたけれど、今は会えない。あのときはあんなに親しくしていたけれど、もう、死んでしまったので会えない。でもその人のことをなつかしく、愛おしく思い出す。その感情をサウダージ、という。

そして、素晴らしい出会いは、出会っているときもうれしいけれど、出会えなくなってからも、サウダージ、という美しい感情を引き起こしてくれるから、それもまた素晴らしいことなのだ、というニュアンスが込められている。出会いは、出会ったこともうれしいが、出会えなくなっても、サウダージだから、うれしい、のである。

ポルトガル語話者と別れるとき、わたしはあなたをサウダージするよ、と、言われる。これは「思うわよう」にとても近い。

ブラジルに十年住んだわたしは、多くの人にサウダージするよ、と言ってもらい、わたしもサウダージするね、と言って別れてきて、ブラジルを離れて二十年経った今も、サウダージだね、と言って時折連絡を取るのである。

確かにこの言葉を別の言葉に言い換えられない。言い換えられないけれど、サウダージという言葉を知って、豊かに耕されていったのは、わたしのサウダージに関わる感情である。

行き来の難しい島の人同士の「かわいやのー」という言葉は、友人を見舞う感情を上手に着地させてくれて、さらにその感情を深くしてくれたのである。

手紙

今の若い人には想像もつかないことと思うが、この世の中にインターネットもメールももちろんＬＩＮＥもFacebookも存在しなかったのは、そんなに昔のことではない。

一九九〇年代に入って、アカデミックな世界だけでメールが通用するようになり、わたしはその頃、地球の裏、ブラジルに住んでいたから、日本の大学関係者とローマ字でメールを交換するようになったことに心底驚いていた。それから一般にメールもネットも普及するようになって、日本語で瞬時に世界中のあちこちと連絡が取れるようになるまで、そんなに時間はかからなかった。

わたし自身は三十歳を過ぎてからメールとインターネットの世界にさらされるようになったような年代なので、それまでのことも、よく覚えている。今の若い人には想像もつかないだろうと書いたが、わたし自身もよく思い出すことができないくらい、感情のやり取り、他人への連絡の仕方は今とは違ったのだ。

何が一番変わったのか、というと、今、目の前にいない人に、今、自分が対面していない人に、自分の気持ちをパーソナルに文章で伝える手段が登場した、ということである。

「声」で伝える手段はあった。電話は、「メール、ネット」と比べるとずいぶん昔からわたしたちの生活の場に存在していた。「電話」というものは、ベルさんが発明して以降、順調に人類社会に普及していって、一九六〇年代には、自宅に黒いダイヤル電話がある家も珍しくなくなっていたのである。

その頃、家に電話を引く、というのは大変なことだった。電電公社（当時）に申し込んで電話の権利を買うのだが、ずいぶん長く待たねばならず、かなり待たされた挙句、当時ではかなりの額である一〇万円近いお金を払わなければならなかったように記憶している。

電話の権利を買うことは、大変だったから、買えることになると、それはそれはありがたいことのように思っていたのだが、知らない間に、その電話の権利は事実上、「○円」になっていたことについて、片付かない思いをしている人たちはけっこうな数いることも知っているが、それを今さら申し立ててもどうにもならないことも知っている。そのような事実を覚えているからこそ、未だに大手通信会社のなさることに全幅の信頼をおけないでいる、初老世代は少なくないのではあるまいか。

それはともかく。「電話」というものは、ずっと前から存在していて、目の前にいない人とも言葉をかわすことはできた。国際電話、ということだって、できた。

しかし。まず第一に電話代というのは、ものすごく高かった。市内通話は別としても、国内の遠いところへの電話料金は、高価で、海外に電話をかける、など数分ですぐに何千円もかかってしまうのだから、かけられる、とはいえ、「無事についています」とか「お金送って」とか「子どもが生まれた」とか一分以内で要件を伝えるだけに必死にならなければいけなくて、いつでも使えるようなものではなかったし、海外にいる人と「話したいだけ話す」などというのはただの夢物語であった。SkypeとかＬＩＮＥとかのように無料で海外にいる人と話せる、などという世界がくるなど、考えることもできなかった。

長くは話せないにせよ、瞬時に「声」で相手とつながる、という手段は、だから、メールとネットの時代に先んじて、ずいぶん前からあったわけだが、そこは所詮「声」であり、「会話」であり、その場で終わってしまうものだった。文章のように、後に残らない。その場で消えてしまう。後から何度も読み返したり、返事を待ったり、ということはない。その場の声のやり取りは、そこで終わりである。

文章で瞬時に相手にパーソナルな気持ちを伝える手段をわたしたちは持っていなかった。ファックスと電報はあったが、パーソナルな気持ちを簡単に伝える手段、とは、程遠かった。ファックスは、何より、多くの場合、不特定多数のいるところにオープンな形で届けられてしまうから、プライベートなことを書くことはためらわれる。

今を去ること数十年前、それなりに名前の知られた弁護士の方と「不倫」していた女性が、わざとその方の事務所のファックスにマジックで大きく「大好き」とか「愛してる」とか、他人が見れば赤面しかできないことを送り続けた話を聞いたが、そのような嫌がらせに使えるほどに、ファックスは「公的」な通信方法であったのだ。電報にいたっては、これまた値段も高いから、「死亡」「出生」通知くらいとしてしか使わなかった。

だから、長い間、文字を発明して以降、人類は「手紙」に頼っていた。

自らの、パーソナルで、重くて、どうしても伝えなければならない言葉は、相手に何度も繰り返し読まれるようになる自らの感情表出は、「手紙」でのみ可能だった。

書こう、と決意し、便箋(びんせん)を取り出し、ペンをとって、居住まいを正して、思いを綴(つづ)る。うまく書けないから、書いた便箋を破り捨てる。また、書く。読み直す。また、破る。やっとの思いで書き上げる。封筒の表書きを書く。便箋を折って封筒に入れる。そこまでのプロセスだけで、十分に長い。

表出されなければならない感情は、そのプロセスの中で、ときには十分に、ときには不十分であっても、それなりに醸成されていき、自らの内で省察する時間は否応無しに与えられた。

どういうことかというと、「こういうことを書いていいのだろうか」「こういうことをこの人に伝えてしまっていいのだろうか」、ということを考えずにはいられなかったし、その文章が相手のもとに残ることも、もちろん考えなければならなかった。封をした後も、切手も貼らねばならず、その手紙をポストまで持っていかねばならず、海外の辺鄙で郵便事情の悪いところにいれば、どこから出せば届くのか、誰に託せば届くのか、も考えなければならなかった。

感情はいくつもの、ためらいと、不安と、期待と、とまどいによって生み出される「タメ」のようなものを乗り越えさせられていったし、投函までにかかる時間は、「おもり」となって、わたしたちに投函を躊躇する余裕を与え続けた。

相手に手紙が届くまで、国内なら三〜四日、海外なら何週間もかかってしまう。相手がすぐに返事を書いてくれても、その倍。普通、相手はすぐには返事をくれないから、返事、というものは月単位で待たねばならないものであった。その間に、だから、自分が手紙で表出した感情は、さらにゆっくりと醸成されていったし、相手の返事はすぐには期待できなくて、ただ、待つものであった。

大切な相手から届いた返事は、丁寧に手紙の束、として、保管され、多くの人にとって、「宝物」として生涯手元に置かれ、お棺に入れてもらったりするものとなったりした。

感情のタメ、と、時のおもり。

メールやSNSで失ったのは、これ、である。

瞬時に相手に感情をあらわした文章を送ることができる。そのときの激しい感情は、その場で相手に送られる。送ってしまってから、ああ、あんなこと言わねばよかった、とか、後悔できない。そのときにはすでにその文章は相手のものである。

そしてさらにまずいことに、文章だから、「声」のようにすぐには消えない。何度も繰り返し読まれてしまう。あれは違いました、などという訂正もできず、タメのないまま放出された感情は取り返しがつかない。

それに、何より、相手の反応がリアルタイムで届かないことが、不安といらだちを生む。手紙のやり取りをしている恋人同士は、手紙をお互いに待つ間に、相手の気持ちがすぐに変わる、などということは想定しなかったものなのだが、今はすぐに返事がないことが「心変わり」を予想させる。時のおもり、が、感情を支えてくれない。

こんな時代をどうやって生き延びたらよいのか、人類はまだよくわかっていないような気がする。

男女の心中

男と女が色ごと、というか、激しい恋愛の果てに、心中する、という話を聞かなくなった。

自殺自体は、つらいことに、この国ではまだまだ深刻なレベルだし、介護を苦にしての心中、などは、ある。しかし、男女の心中、は、聞かなくなって久しい。付き合っていた相手になんらかの問題があって、殺されるというようなことはニュースになったりするが、男女間の心中は、耳にしなくなってしまったのではないだろうか。

男女が心中するのは、もちろん、思いを遂げることができないなんらかの理由があったり、今、この燃え上がっている状態のままで生を終わりたいと考えたり、とかそんな感じだったのだと思うのだが、今となっては、よもやそんなことをする人がいたとしても、ばかじゃないの？　なんで二人で死ぬの？　と思われるような感じになってきているような気がする。

気がするだけかもしれないけれど。でも実際に、聞かないし。なんで死ななきゃいけないの？　恋愛くらいで……。

ああ、「恋愛くらいで」。

恋愛はその程度のものになってしまった。思いを遂げられないような状況で恋愛をしている人はもちろん、いないはずはないのだが、そんなに切羽詰まっていないのかもしれない。楽観的にいつか結婚できると思っているのかもしれない。だいたい、結婚なんかしなくても、今が良ければいい、と思っているだけかもしれない。

しかし、いったい、いつから、男女の心中がなくなったんだろう。死んでくれ、という男もいないし、わたしと死んで、という女もいないのだ。恋愛はいのちをかけるものではなくなった。

ほんの少し前まではそんなことはなかったんじゃないだろうか。

故 渡辺淳一氏の書いた『失楽園』は三〇〇万部を超えるベストセラーとなり、映画になったりドラマになったりした。あれは一九九七年のことで、具体的には今から二十年ほど前である。

今さら、ネタバレと非難されることもないだろうから、書いてしまうけれど、『失楽園』に登場する主人公たるカップルは、心中する。この小説は、心中で終わるのだ。出版社に勤務している編集者で、もちろん妻帯者である男と、医師の妻であるヒロインの「不倫」物語。どうにも出口がなく、また、どうしてもお互いを求め合う激しさの中で、気持ちが最高に盛り上がっているままでいのちを絶ちたい、と、愛し合った姿のままで心中するのである。

若い人から見れば二十年前って大昔かもしれないけれど、昭和生まれにとっては二十年前はほんのついこの間である。だから感覚がずれるのはいたしかたないことだ。

昭和生まれのわたしたちが若かった頃、昭和の元号を遡る（さかのぼ）こと二つ、明治生まれの人がどんなにか「昔の人」にみえたことだろう。令和の時代になって、今はわたしたちは前の元号のその前の元号の頃に生まれた人。とんでもない昔の人、であることをまず自覚しなければならない。

それはともかく。とにかく一九九七年は二十年前とはいえ、ついこの間で、その頃には、心中することはちっとも陳腐（ちんぷ）なことじゃなく、みんなが共感していて、『失楽園』は、繰り返すが三〇〇万部売れたのだ。

いかなる意味でもいのちを自ら断つことは厳しいことであり、残されたものに考えられないような深い悲しみを残す。それはわかっていながら、あの頃は、俗物と言われようが、自分勝手と言われようが、「愛に殉（じゅん）じる」ことは、自分がやらなくても、共感をもって感情移入して読むことができたのである。

今、そんなことができるのだろうか。今は、もっと、恋愛関係は「さっぱり」しているようにみえる。

それでいて、一章でも書いたけれど、「六十代、七十代で後悔していること」を訊けば、多くの人は、「死ぬほどの恋をしなかったこと」だと言うのだそうだ。だから、二十代のうちに死ぬほどの恋をしましょう、ということを書いてある本があるらしいのだが……。

あなた、死ぬほどの恋をしましたか、と訊かれて、はい、しました、と言える六十代、七十代がどのくらいいるのだろうか。

死ぬほどの恋をしても、死ぬほどの恋が成就したら、つまりは、死ぬほど愛し合っていた相手と具体的に結婚するなり、長期的に愛し合うなりして、長く親密に付き合うと、それはイコール日々の生の営みをなんらかの意味で共有することになり、そういうことを共有していると「死ぬほど」の恋であった幻想は、良き形で日々の日常で具現化されてゆき、死ななくてもよくなるので、その始まりが「死ぬほどの恋」であったことは、しばしば忘れられるのである。

逆に、死ぬほどの恋をしていた相手との関係がなんらかの意味で成就しなかったとしたら、そして、その恋と相手を冷静に思い出せるほどに時間が過ぎているとしたら、それはまた別の意味で、「死ぬほどの恋」であったことは忘れないと、自分の日常が立ちゆかなくなるから、時間が経てば、なんであれが死ぬほどの恋であったのかわからなくなってしまったりするのだ。

およそ、「死ぬほどの恋」たるものは「そこで死なないで生き延びる」と、けっこう日常の中でマンネリ化するか、忘れられるのである。だから切羽詰まって「死ぬほどの恋」を「死ぬほどに突き詰めて生きていった結果」が、いかようなものであっても、「死ぬほどの恋」は忘れられる。

つまりは、「死ぬほどの恋」は、死なないと、死ぬほどの恋にはならないのだ、きっと。だから、憧れて心中したのだろうか。いや、違うような……。

恋愛で死んでしまうほどに思い詰めるには、二人の時間も必要だが、おそらく一人の時間も必要なのだろう。一人でずっと相手を思い詰め、関係性について思い悩む時間。

今や、ＳＮＳが発達して、今、このときの自分の気持ち、を、自分だけで一人で思い詰める前に、相手にさらっと、ＬＩＮＥを送ったりしてしまえる。思い悩む前に相手に投げてしまえる。投げてみて、返事が来なかったら、それこそ、それまでなのである。

ＳＮＳが発達して世界中どこにいてもＷｉ－Ｆｉさえあれば（それがあるのだ、今どき。世界のどんな片隅に行っても）瞬時に相手とつながることができる。だから、やっと手紙を書いて、その手紙が届くまで待たなければならなかった頃と比べると、感情のタメ、と、時のおもりがなくなった、と前項でも書いた。

心中するためには、すぐに連絡の取れない相手を思い、一人で思い詰める時間が必要なのかもしれない。

いや、誤解してもらっては困るが、心中することが良かった、とか、心中するほうが純粋な愛だとか、そんなことを言っているのでは決してない。いかなる意味でも、自殺の原因が一つ減ったのは良いことなのである。手紙の時代から、ＳＮＳに移って、お付き合いが軽くなってきたのも、人命尊重の意味からは良きことなのである。

二〇一九年の手塚治虫文化賞マンガ大賞を取った、有間しのぶさんの『その女、ジルバ』（小学館）は、ブラジル移民の女性が開いたバーを中心に繰り広げられる素晴らしいマンガである。

戦後七十年を総括するこんな作品が、他でもないマンガのジャンルで出てくることを、本当にすごいことだと思う。ブラジルで十年暮らしたわたしはとりわけ冷静に読めなかった。

バーの女主人だったジルバが残した遺品と手紙を、生きている人間が目にして、彼女の秘密を知る場面がある。そこに、「死者が遺した形あるものは暴かれるの。生きてる者は手を汚すのよ」というせりふがある。運命の恋が、残された手紙から暴かれていくのである。

『その女、ジルバ』を読みながら、「暴かれる過去」がパソコンのパスワードとともになくなるのも良いことなのかもしれない、と思い始める。

自分の隠したい恋愛関係がメールやLINEとともに消えるのなら、上等じゃないか。いかなる意味でも、軽い。

あ、だから恋愛が心中するほどに、突き詰められないんだな……。妙に納得してしまった。

親を許す

親になるとは、許されることを学ぶことなのだ。

自らの子どもに許されること。

なぜなら、わたしたちは、親になると、まちがうから。不可避的に、まちがうから。自らが良かれ、と思って、子どもたちにできるだけのことをしようとするけれど、その多くは子どもたちの向かう方向性とは、異なっているから。

結果として、何をやっても、やっぱり何かしら、まちがっていることが多いのだ。自分としては、いっしょうけんめいやったんだけどなあ、と、親としてのわたしたちは、ぼんやり思うことができるだけだ。

わたしたちはまちがう。まちがうから、子どもたちに、許されなければならない。許されていてほしい。それは、祈りのようなものだ。

自らの子どもに許されることで、自らも、自分の親を許すことができるようになる。自分の親も、自分の親のそのときの制限の中で、精一杯のことをやったのだろうから、と認められるようになる。

「無償の愛は、親から子どもに与えるものではない。無償の愛は、子どもから親に届けるもの」

聞きまちがい、書きまちがいではない。無償の愛とは、子どもの側から親に捧げられるべきもの。かの、マイケル・ジャクソンは、二〇〇一年三月、オクスフォード大学における講演［1］で、そんなふうに語っていた（以下は、講演の一部を、筆者が訳した）。

自分が父親になって、あるとき、自分の子どもたちのことを考えていました。プリンスとパリスは（注：このとき三番目の子ども、ブランケットはまだ生まれていない）

大きくなったとき、私のことをどんなふうに思っていてくれるかなあ、と。お父さんはどこに行くときもいつも自分たちを連れて行ってくれたなあ、とか、自分たちのことを何よりも一番優先してくれたなあ、ということはぜったい覚えておいてほしいと思います。でも、子どもたちにはとても難しいこともあるわけです。いつもパパラッチに追いかけられていて、子どもたちは私と一緒に公園に遊びに行ったり映画をみに行ったりはできないわけですから。大きくなって私のことを恨んだりするだろうか、私のやったことはどんなふうに影響を与えてしまうだろうか、と思います。自分たちはどうして他の子と同じような子ども時代を送れなかったんだ？　と、自問するかもしれない。

でもそのときに、どうか、子どもたちが私のことを大目に見てくれるように、と祈らずにはいられません。「お父さんはちょっとばかり特殊で難しい環境にいたわけだけれども、そのわりには、よくやってくれたよな」、とか、「お父さんは、まあ、完璧とは言えないけど、あたたかくていい人だったよな、たくさんの愛を僕たちにくれようとしていたし」と、思ってくれるといいな、と思います。

—中略—

私たちは、みんな、誰かの子どもです。そして親たちがどんなに一番いいだろうと思って計画を立てて、努力をしたとしても、かならず親というのはまちがうものです。だって、私たちすべてはただの人間にすぎないのですから。子どもたちには私のことを手厳しく非難したりしないでいてほしい、そして私が至らなかったことは許してほしい、と思うにつけ、私は、自分の父親のことを思わざるを得ませんでした。若い頃私は父を否定していましたけれども、今は、父は父のやり方で私を愛してくれていたのだ、と認めないわけにはいかなくなったのです。

—中略—

世界中の子どもたちに呼びかけています。ここに今夜いる方々から始めてほしい。もしあなたが親にネグレクトされたと思っていても、どうか親を許してください。親を許し、そして、もう一度、愛する、ということを教えてあげてください。親によってひどく痛めつけられた、とか、傷つけられた、という思いを抱いている方、その失望の思い、そんな肩の荷を、どうぞ、おろしてください。お父さんやお母さんにだまされたんだ、と感じている方、でも、もうそれ以上あなた自身をだまし続けることはやめましょう。親なんかと関わりを持ちたくないんだ、と言っている方、どうぞあなたの手を、両親に向けて差し出してほしい。

あなたたちにお願いしています。そして、私自身にも願っている。私たちの親に、無償の愛、という贈り物を届けられるように、と。そうすれば私たちの親もまた、どういうふうに人を愛したらいいのか、学ぶことができるのですから。自らの子どもたちから、無償の愛を学ぶ。そうして初めて、荒れて、寂しいこの世界に、愛を取り戻すことができるのだ、と思っています。

初めてこの講演を文章で読んだとき（写真集か何かに出ていた、と記憶している）、え？　何？　と思った。この人は、なんということを言っているのか。正直言って、びっくりしたのを覚えている。

マイケル・ジャクソンは、同い年である。一九五八年生まれでマイケルのほうがわたしより一週間、お兄さんであった。

マルティン・ルーサー・キングが、"I have a dream" の有名な演説をしたのは、一九六三年で、アメリカで公共の場における人種分離を禁止し、人種に基づく雇用を違法とし、公立学校における人種統合を規定した公民権法ができたのは、一九六四年のことである。マイケルが生まれた頃は、アメリカにおいて黒人はまだはっきりと公的に差別されていたのである。

「歴史」というのは、一人の人生の長さのうちに、ずいぶんと変わってしまう可能性のあるものだ。

マイケルが五十歳で亡くなった二〇〇九年には、実際には差別や偏見はまだまだ残っていたとはいえ、「黒人を差別してよい」などという法律は世界のどこにも存在しなかった。五十年経って、世界は確かに変わったのだ。とはいえ、世界で最後の公的な人種隔離政策、アパルトヘイトが南アフリカで廃絶されたのは一九九四年、マイケルが亡くなるほんの十五年前だったにすぎない。

黒人として初めてMTVに登場し、世界で最も売れたアルバムを発表した、エンターテイナーとしてのマイケル・ジャクソンの活躍について、今さら何も書く必要がない。彼は文字通り時代と共に歩んだ人だった。

テレビが普及する一九七〇年代に、テレビにひんぱんに出演するアイドルとなり、一九八〇年代から九〇年代にかけて、ビデオ全盛の時代に多くの話題性に富むミュージック・ビデオを発表した。そして、マイケルが亡くなった二〇〇九年頃は、YouTubeが広まり始めていて、世界中の人たちがYouTubeで配信されるマイケルの映像にあらためて、魅了されたのである。

でも、マイケルは、SNSの時代には、間に合わなかった人だった。数々のゴシップや誤解や中傷に絶え間なく晒（さら）されていたマイケル。今、多くのエンターテイナーたちがやっているように、Twitter やFacebookを通じて自分の言葉を届けることができていたら、彼はずいぶんと気持ちが落ち着いていたのではないのかな、と思ってしまう。

トップエンターテイナーや、大統領までが、「自分で言いたいことを自分の言葉で自分で発信する」ような時代に、彼は間に合わなかった人だった。そういう意味で、彼はゴシップに晒され続け、「申し開き」の機会を、自分の言葉では、十分には持ちえないまま、逝ってしまったのである。

上記の訳は講演のごく一部である。音源が残っているが、しっかりと、しずかに、淀みなくマイケルはオクスフォード大学で語りかけている。知的で、内面思考が深く、思慮深い人物であることは、この語り口から十二分に伝わってくる。

とんでもない人物をわたしたちは五十年で失ってしまったのだ、ということを、あらためて知るのである。

［1］　この講演はいろいろなサイトに引用されている。YouTube などでも全文を読むことができるし講演を聞くことができる。たとえば、Michael Jackson- Oxford Speech 2001 (part 1/4) w/ full text- YouTube https://www.youtube.com/watch?v=XzIQlVSH8GU&hl=ja_JP&fs=1 二〇二〇年一月十九日閲覧

三章

からだが喜ぶことをする

あなたのからだはとても大切

子どもたち、と言っても、すでに今年（二〇一九年）で二十九とか二十七とかいう年齢になる人たちなのだが、この人たちの父親はブラジル人である。

子どもたちを産み育てた時期の前後、十数年ほどであるが、わたしはブラジルでブラジル人家族として暮らしていた。具体的にいうと、一九九〇年代のすべて、といった頃だから、もうずいぶん時間が経った。

時間は経ったが、家族を持って子どもを産んで、育てて、家族の時間を共にする、ということはとても深くて濃密な時間であって、今も子どもたちとの関係において、ブラジルでの暮らしは大きく影響している。とくに、ハグしたり、キスしたり、というスキンシップはとても濃厚な国だったから、わたしもそのようにして子どもたちを育てた。家族同士はいつもお互いを慈しみ、抱きしめ、キスしていた。それが当たり前だった。

日本に住んだこともなかった子どもたちは、日本にやってきて、東京のごく普通の区立小学校の四年生と二年生として通うようになった。通い始めてまもない頃、イギリスで生まれ、ブラジルで八歳まで育った次男は「ママ、日本の子どもって口紅ついてないね」と言う。

最初なんのことかわからなかった。女の子が小学校二年で口紅などつけていないのは当然であろう。ブラジルだってつけていなかった。いったいなんのことか。よくよく聞いてみると、次男の言いたかったのは、「子どものほっぺたにお母さんの口紅によるキスマークがついていない」ということなのであった。

子どもたちの通っていたようなブラジルの私立校（いわゆる中産階級は、子どもを私立校に通わせる。ブラジルの公立学校は大学以外、信頼されていなかった）では毎朝、親が子どもを送ってくるのだが、学校に着くと低学年の子どもの母親たちは、「じゃあね、わたしの愛しいあなた、チャオ！」と言って、ぎゅーっと子どもを抱きしめ、ほっぺたに、チュッとキスをするのである。

だから低学年の子どもたちのほっぺたにはいつも、母親の口紅によるキスマークがぺたっとついていて、次男はそれを観察していたと思われる。そして、当然のことながら、日本の小学校に来る子どもたちは、母親にほっぺにキスなどされていないので、キスマークは、ない。次男はそれが言いたかったのである。

このことに限らず、彼らにとっては、地球の裏のブラジルと、この国、日本の文化はあまりに違っていて、当惑することばかりだっただろうな、と思う。よくぞ、育ってくれた。

スキンシップ満載のブラジルで育ってきたから、日本に帰ってからも、抱きしめて、キスして子どもたちを育ててきた。そうやって、ブラジル帰りで、スキンシップ満載の育て方をしていることは、周囲のお母さんや友人たちの知るところになり、いろいろと訊かれることがあったが、あるとき、一つのパターンに気づく。

「お子さんたちとても仲がいいんですってね、スキンシップもたくさんしているんですってね、お風呂も一緒に入っているんでしょう?」と、言われるのである。

かならず「子どもと仲がいい」と言うと「お風呂に一緒に入っているのでしょう」と言われるのだ。お風呂?　入ってないですよ、そんな……、と、いつも答えたが、それを聞くと、とても意外、という感じに聞こえているらしいこともわかった。

一つには、構造的な風呂場の習慣があるのだろう。日本の風呂は、洗い場でからだを洗って、それから湯船に入る、という方式なのであって、公衆浴場はもちろんその方式であり、家族でも一緒にお風呂に入る、ということは珍しくない。温泉地に行っても「家族風呂」というのがあるくらいだ。さらに明治政府が禁じるまでは公衆浴場は混浴だったというではないか。

そのような文化を持つ国にあっては、「仲のいい親子は一緒にお風呂に入るもの」、とみんなが思っているのである。日本人の男性の友人も幼い娘と一緒に風呂に入っているらしく、「この子が一緒に入ってくれなくなる日が来ると思うと悲しい」などと言っていた。そういうものらしい。

わたしはブラジル人家族とブラジルで子どもを育てたから、子どもたちとお風呂に一緒に入った覚えがない。

だいたい、ブラジルでは、湯船はなかった。シャワーだけ。それも、部屋の数だけシャワーがあったりする。

夫婦の部屋に一つ、子どもの部屋に一つ、別の部屋にも一つ、という感じでベッドルームごとにシャワーとトイレがついている。さほど大きくない家でも、つまりは二ベッドルームくらいしかない家でもトイレとシャワーはベッドルームの数だけある。そしてシャワーは一人しか入れないので、シャワーは一人で入るのである。

子どもたちが幼稚園くらい、つまりは四、五歳くらいまではシャワーに大きなタライを置いて、そこで入浴させていたが、それも、大人は服を着たままで子どもたちの入浴を助けていたから、一緒に裸になっていない。学齢期に入ると、子どもたちは当然のように、自分たちの部屋にある自分たちのシャワーで入浴するので、わたしは手伝っていない。

ということで、「一緒にお風呂に入っているでしょう?」と日本の母親たちに訊かれることは、なんだかびっくりするようなことだったのである。

だいたい小学校にあがってから以降は、息子たちの裸を見たことがないし、息子たち自身もわたしの裸を見ていない。ブラジル人家族は、だいたいそうだと思う。

週末になると、プールや海で過ごすことが多くて、そこでは、みんなビキニや海水パンツで一日過ごしていて、そして、そのビキニや海水パンツは、日本のものと比べると、ものすごく露出度が高くて、布地としては最小、という感じがするのではあるが、決して、全裸には、ならない。

つまりは、ブラジルにいたときのことを思い出すとよくわかるのだが、家族も友人も非常に濃密な身体接触のもとに暮らしていて、挨拶もハグしたりキスして、それは本当に心の安定をくれるものなのだが、「親密な場所」つまりは、水着で隠す場所だけは人に見せるものではない、それは本当に親密な愛を交わす人との間だけのものだ、という感じで、教育されるのである。

「性教育」という形で行われるようなものではないが、人と人の距離が近く、スキンシップが密な国であるからこそ、その中でまずは、子どもたちは何が心地良いことかを学び、何は嫌だ、と言うべきことかを学び、自分自身と自分のからだを大切にすることを学ぶのだ、ということは、外国人であるわたしにも、よくわかった。

最近、フランスにおける性教育について書かれている文章を読んだが、おおよそ、わたしがブラジルで感じていたことと似ている。フランスではさらにシステマティックに六歳くらいから学校で「性教育」が行われているといい、その性教育の内容は決して性行為を教える、とかそういうものではない。

性教育として六歳の子どもに教えることは「あなたのからだはとても大切なもの。とくに水着に隠れる部分は、誰も見たり触ったりしてはいけない。そうする人はおかしい。そんなことになったら、その場から逃げるか、大きな声で叫ぶこと」[1] なのだという。

ブラジルに住んでいたとき、常々、この国では「痴漢」は考えにくいな、と思っていた。誰かがバスの中で女性を触ったりしたら、女性が絶対に黙ってはおらず「誰の手なの、これは！　あなたはこういうことを自分の母親や姉にできると思っているの、恥を知りなさい！」とその場で言うであろうことが、十分に想像できたからだ。

そして日本のわたしたちは、なぜそれが言えないのだろう、とずっと考えてきた。そしてそれは、たとえば、上記のフランスの性教育の基礎、「あなたのからだはとても大切なもの」ということを、文化的にも、親子の関係においても、さらには学校においても、言語を通じても、態度を通じても、先の世代が子どもたちに教え損ねているからではないのか。

西洋が進んでいて、こちらは遅れている、の話は聞き飽きているが、それでもまだまだ、この近代化された日本で若い世代が自らのからだを大切にするために、やらなければならないことがあるような気がする。

ブラックバイト対策にも、過労死対策にも、そしておそらくは自殺対策にも、自らのからだを大切にする強さ、こそが根底に必要とされているはずなのだ。

［1］　髙崎順子「なぜ日本の性教育は〝セックス中心〟なのか　―日本と全然違うフランスの教え方―」
PRESIDENT online 2019/07/02 https://president.jp/articles/-/29133

赤ちゃんの屈辱感

熊本県水俣市の、はつの・あそびの森こども園では、はいはいができるようになった赤ちゃんには、おむつを使っていない。

だってね、動きにくいでしょう？　あんなに小さいのに。せっかくはいはいを始めて、たくさん動こうとしているときに、股に何かあったり、腰まわりがギャザーでしめつけられたりしていたら、動きにくいですよね。だから、おむつは、もう、つけないんですよ。保育士さんはおっしゃる。

自分たちでやってみるといい。誰もいない部屋でまず、すべての衣服を脱いで、四つん這いになり、はいはいしてみる。なかなか、自由で快適ではあるまいか。四足動物時代の本能がふつふつとわいてきたりするのではないだろうか。

次に、大人用の紙おむつをつけて、はいはいをしてみる。わたしたちは、今からはいはいして、立ち上がろうとしている赤ちゃんとは違って、からだの動かし方については何十年かのキャリアを積んでいるはずなので、少々の邪魔なものを身につけていても、たいがいのことはできる。でも、紙おむつをつけているとやっぱり股の間がごわごわするし、腰まわりもモタモタする。気持ちよくない。はいはいをし始めたばかりの小さな人に、これはやっぱり快適なものではないなあ、と思う。

あの、そんなこと、つまりは、裸で四つん這いとか、紙おむつつけて、はいはい、とか、やりたくないです、という方は、やらなくてけっこうです、もちろん。

赤ちゃんのことを、想像するだけではちょっとわからないなあ、なんでも体験してみたほうがいいよなあ、という方にやっていただきたいだけである。

もちろんやってみたい方も、家族の目につかないようにやらないと、あなたのご家族の、あなたへの受容のレベルに応じて、ではあるが、それなりの問題が生じることは避け難い。こっそりやってください。やるときは。

さらに、思い切ったことをやってみたい方は、紙おむつをつけて、排泄(はいせつ)もなさってみるとより一層、赤ちゃんの気持ちに近づける。

ぬれてもサラサラ、赤ちゃん、ずっと快適、みたいなCMに悪意があるとは到底思えず、製造者の方も広告担当の方も、いかに赤ちゃんが気持ちよく過ごせるか、ということを考えてくださっているのだとは思うが、そもそも、「排泄物をからだの近いところにつけている」だけで気持ちよくない、ということに思いをいたすのはなかなかに難しいのである。

だから、思い切ったことをやってみたい方は、上記の「紙おむつはいて四つん這いになってはいはいしてみる」実験の後、そのまま、小のほうでけっこうですので、排泄をなさってみると、ぬれてもサラサラ感も味わえる。ぬれてもサラサラ、とはいえ、お股に何かぴったりとくっついている状況でそこで排泄しよう、というのは簡単なことではない。

入院や闘病ですでに経験ある方もおいでかと思うが、「おむつに排泄する」というのは、実に難しいことなのである。そこで吸い取ってくれるとはいえ、自分の排泄物が、おしもに一瞬広がっていく感じはおそろしいものだし、吸収体が吸い取ってくれて表面はぬれていないとはいえ、なまあたたかく、とてもサラサラの気持ちよさ、と思うわけにはいかないものである。

そして、重い。自分の排泄しただけの水分をお股に抱える、のは重いし、動きにくいし、はっきりいって、邪魔である。

からだを動かし始め、そしてほどなく、二足で立ち上がろうとしている幼い人に、そのようなハンディをつけなくてもいいだろう、とお考えになる、園の姿勢と、保育士さんの理解は、とてもまっとうなものではあるまいか。

園では、はいはいするくらいの赤ちゃんの頃からおむつはもうはずして、エコニコパンツ、と呼ばれる股ぐりがゆったりとしていて足の周りをしめつけず、幼い子どもでも脱ぎはきがとても簡単にできるパンツを採用しているのである。

エコニコパンツは、園で大量に用意して、洗濯して、使っている。はいはいするくらいの月齢からエコニコパンツで暮らしていると、歩けるようになるくらいになれば、多くの子どもは、おしっこを教えるようになる。

自分で脱ぎはきはまだできないことも多いが、おしっこしたいときは、自分でトイレやおまるのそばに行ったり、おまたに手をやったりして、教えてくれるようになる。これが、現在より二世代前、つまりは、今八十代、九十代の方が子育てしていた頃に「一歳の夏頃までには、おむつはとりました」という状態である。

もちろん、はいはいしているくらいの子どもの頃からおむつをつけていないから、粗相(そそう)をしたり、床を汚したり、といったことはよくあるのだが、そのことへの対応も保育士さんは慣れたもので、専用の布でさっとふいて、スプレーで消毒をして、きれいにして……、という一連の動作も実にすべらかである。

こうした「おむつなし育児」を、保育園で実践することについて、当初は保育士さんからは「そうじが大変になる」という不安も寄せられていたようだが、実際にやってみると、「おむつで対応するより、ずっと楽」であることがわかり、また、結果として、子どもたちの排泄の自立も早いので、保育士さんたちにしごく評判が良い。

また、保育園におむつを持ってきたり、よごれたおむつを持ち帰ったりする必要がないので、親のほうも大変楽である。

園では、上記のようにはいはいするくらいの子どもからエコニコパンツを使い始め、自分で歩けるようになるとその上にスパッツのようなものをはいて一日を過ごす。このエコニコパンツもレギンス（田中園長によると、これは、ユニクロのセールで買うのだとか）も、園が大量に用意しているので保護者は行きの服と帰りの服以外、用意しなくてよいので、こちらも評判が良い。

このような排泄の対応をしていると、おしっこ、うんちなどの排泄に関わることが実におだやかに生活の中に組み入れられていることがわかる。

お昼ご飯をいただく行列に並んでいたとき、三歳くらいの子どもがおもらしをした。一緒に並んでいる子どもたちは、騒ぐどころか、別に何も言わないでおだやかにしている。気づいた保育士さんも慌てることなく、最後までおしっこさせて、あら、いっぱい出て良かったわね、と、その子を着替えに連れだし、床をきれいにして、終わり、である。

ここではおもらしすることは、屈辱、ととらえられていない。本人も、周りの子どもも、不安に思っていない。それは、周りの大人が、わあわあ、大変、という反応をしないからである。

からだの動きが自由なので、闊達（かったつ）な子どもに育つ、バランス感覚が良い、手先が器用、などおむつなし育児で育つことの良さはたくさんあるのだが、このはつの・あそびの森こども園の、排泄に関するおだやかな様子を見ていると、これこそが幼い人の育ちにとってとてもとても大切なことなのではないか、としみじみと思う。

屈辱感を味わうこと、屈辱感を味わわせること、しかもそれが排泄に関すること、であれば、それは生涯に影響を及ぼす。

屈辱感は、本当の意味で強く、たくましく、人との交歓の中で生きようとすることには必要のない感情である。

その必要ではない感情を幼い頃にうえつけられ、そこから自由になるために何十年も苦労する大人が少なくないことは、胸に手を当ててみれば、よくわかるのではあるまいか。

屈辱感を感じさせない、はっきり意見が言える、自分の快不快を口に出すことにためらいがない、そういった感覚こそが本当の強さであり、幼い人に経験してほしいのは、そういうことしかないのではあるまいか。

爪を染める

爪を染める。つまりは、マニキュアをすると、なぜあんなに気分が高揚するのだろうか。つまりは「テンションが上がる」のだろうか。

きれいに手入れされ、美しい色で染めた爪は見るだけでうれしいし、さて、今日もここからがんばろうという気にもなれる。

先日、若い頃十年住んでいたブラジルに、短期間だが出張した。ブラジルに行くと、まず、美容院を探して、飛び込む。ブラジルではほとんどの美容院は、髪を整えるだけではなく、ネイルサロンでもあり、大勢のマニキュアをやってくれるお姉さんたちが待機しているのである。

日本で今、ネイル、というと十数年前（二〇〇〇年をかなり過ぎた頃）から大変な勢いで普及し始めたジェルネイルのことを言うと思う。確かにジェルネイルは仕上がりがとても美しいし、いろいろなデコレーションも簡単で、もちも良く、数週間は大丈夫なので、人気があるのも当然であろう。

基本的にネイルサロンでやってもらうが、人気があるとはいえ、かなり高価なものだ。自分でもできないことはないようだが、上手にジェルネイルをするのも、ネイルを落とすのも、一苦労である。

しばらくネイルサロンに通ってジェルネイルをやってもらっていたこともあるが、なんとなく、「大層なことをやっている」ような気分になり、ちょっと敷居が高くなってしまい、爪もいたむような気がして（ジェルネイルのほうがいたまない、という方もあるが）、通わなくなってしまった。要するに、ブラジルでやっているような気軽さがなかったんだ、と思う。

ブラジルのネイルサロンでやっているのは、ジェルネイルではなく、ほとんどが、昔からある、いわゆるマニキュア、である。最近の日本ではネイルポリッシュとか呼ばれているようだが、ここではマニキュア、と言おう。

ブラジル女性たちは色っぽくてチャーミングでおしゃれも大好きだが、メイクはあまりやらない。このあたりが他のラテンアメリカの人とかなり違う。ポルトガル語圏であるブラジルと、コロンビアとかアルゼンチンとか他のスペイン語圏ラテンアメリカにはいろいろな違いがあるけれど、このメイクアップについてもかなりの違いがある。

スペイン語圏ラテンアメリカの女性たちは、普段からわりとしっかりメイクアップをしている人が多いのだが、ブラジル人女性は口紅以外のメイクをあまりやらない。ナチュラルメイクで、髪型とマニキュアとファッションをがんばる、しかもファッションはあくまでカジュアルな感じ……、というのがブラジルの女性たちである。

メイクはナチュラルでいい。でも、マニキュアもしていない指を人前に出すのは恥ずかしい。そういう感じ。

つまりが、ほとんど全員がマニキュアをしている。老いも若きも、お金持ちも、あんまりお金のない人も。華やかな職業の人も、堅い職業の人も。高級官僚も、お手伝いさんをしている女性も。必ずみんなマニキュアをしている。だからブラジルに行ってマニキュアをしていない指を人前に出すと、なんだか、身だしなみに頓着（とんちゃく）しない人、というか、「きちんとしていない人」に見えてしまうので、恥ずかしい。だからまずブラジルに着いたら美容院を探すのだ。

ブラジルのネイルは豪快である。美容院に行って手を出すと、まず、温かいお湯に手の指をつけるように言われる。そして甘皮が柔らかくなってきたら、ネイリストのお姉さんたちがせっせと甘皮を切る。そして、爪にマニキュアをざっと塗っていく。

はみ出てもいいのである。とにかく、ばばばっという勢いでマニキュアを塗る。そして、その後、竹ヒゴというか爪楊枝（つまようじ）の長いようなものというか、そういうものの尖（とが）った先にコットンを細く巻きつけて除光液を染み込ませ、爪の周りにはみ出ているマニキュアを丁寧に拭き取っていく。

ペディキュアもお願いすると、人が空いていれば、同時に二人でやってくれる。一人は手のマニキュア、もう一人は足の担当。足もぬるま湯につけた後、かかとの手入れや甘皮の手入れをして、こちらも、勢いよく塗っていって、後で丁寧にはみ出たところをとっていく。その後トップコートを塗って完成。

手と足を同時にやってもらえば、だいたい一時間弱くらいで終わる。完璧な出来で、美しい。自分でやっても、まず、このようにはできない。とくに真っ赤などのはっきりした色のマニキュアは、この方法でやってもらうと本当にきれいに仕上がる。

手と足の手入れ、という意味では、男性にも人気があり、マニキュアを塗らなくても手足の手入れだけにネイルサロンに行く男性も少なくないし、透明なマニキュアを塗っている人もいる。手と足がよく手入れされている、というのは悪くない。

というような、ブラジルのサロンでのマニキュアは、やってくれる人がたくさんいるので、要するにネイリストの供給過剰なので、値段が安い。ジェルと比べるとマニキュア自体も安い。よって敷居が低い。

現在、ブラジルの物価はけっこう高くて、食べ物や衣料品、交通費、ホテルなど日本と変わらないくらい、あるいは日本より高いくらいの値段がしているが、マニキュアは、たとえば、大都市の真ん中にあるけっこうおしゃれなサロンでも、手だけで八〇〇円くらいの値段でやってもらえる。もっと下町や、ファベーラ（スラム）に近いようなところではその四分の一とか五分の一くらいの値段でやっているようだ。

技術自体はそんなに変わらない。一見、難しい技術のように見えるが、実はそうでもなくて、洗面器と甘皮を切るハサミと爪切りと竹ヒゴとコットンにマニキュアがあればできるし、わりと簡単に覚えられるらしいので、お金のない若い女の子がまず自立しようとして身につける技術の一つになっているのである。

だからブラジルに住んでいる限り、どんな田舎に行っても、ネイルをしてくれる人を探すことはとても簡単であり、安くやってもらえるのだ。

ただ、ジェルネイルと違って、このマニキュアはせいぜい一週間程度しかもたない。だから、ブラジルの女性たちは毎週、サロンに行ってマニキュアを塗り直してもらう。自分で爪を切ることなどなくて、毎週サロンで好きな色に塗ってもらうのである。

ちょっとしたマッサージでもメイクでもネイルでも、信頼に足る他人に手を入れてもらうことは、なかなかにうれしいものである。

毎週ネイルサロンに通い、好きな色に爪を染めてもらうことはブラジルの日々を生きる活力にもなっていた。ジェルネイルは数週間もつからいい、と言われるが、一方、毎週、違う色に爪を染めることもまた、楽しいのである。

というわけで、わたしはジェルネイルファンにはなれていないが、ブラジルのマニキュアのファンであり、ブラジルに行くたびにすぐにやってもらう。マニキュアが出来上がると、よし、ブラジルに戻ってきたぞ、という気になる。

マリア・ルシアはサンパウロに住むわたしの義理の姉で、優しい人だった。おしゃれでセンスが良く、マニキュアをしていない彼女の指を見たことはもちろん一度もなかった。七十を前にして肺がんを病み、昨年最後に会ったときは、化学療法の影響でむくみが出てきて苦しい、という。

ブラジルのポルトガル語でマニキュアをすることを「爪（Unha：ウニャ）をする」

というのだが、彼女の手を取るわたしに、ルシアは「ウニャもできなくて」とつらそうだった。むくんだ手に白っぽい爪が痛々しい。彼女の訃報を受け取ったのはそれから数カ月後だった。

生の証のようなブラジルのマニキュア。

きれいに手入れされた彼女の細い指と、赤いマニキュアが、ただ、思い出される。

〝きれいにしていなくっちゃ〟遺伝子

パリに行ってきた。三十年ぶりである。

三十年前のわたしは、ラテン世界を知らなかった。覚えかじった外国語は英語のみで、行ったことのある外国も「英国および英国の元植民地」であり、英語がちょっとできたら、なんとか〝外国〟では生き延びていけるような気がしていた。

そのあと、わたしはスペイン人を無二の親友とし、ブラジル人を子どもの父親とし、ラテンアメリカで十年生きてきて、おそまきながら、世界に「英語がちっとも通じなくて、英語なんか知らなくてもちっとも困らない」ところがたくさんあることを知ることになる。

思えば当たり前である。日本だってそういうところなのだ。英語ができなくてもちっとも困らない。

ましてや明治の先人たちの努力に始まる翻訳文化の豊かさのおかげで、英語のみでなく世界中の言葉の書物が、あっという間に日本語に訳されて、自分たちの言葉で読める。英語ができなくても困らないのだ。

でもここで言いたいのはそういうことではなくて、日本にとって「外国」とはやっぱり「英語圏」である、ということだ。

英語ができなくて日本では別に生活上困らないけれど、でも、日本で「外国語」と言えば、やっぱり英語なのであり、「外国」と思うときは、「旧イギリス植民地」であることが多い。

日本にとっての外国は、イギリスであり、アメリカであり、アフリカ、と言ってもそのイメージはキリンやゾウのいるサバンナ、つまりは東アフリカっぽいイメージであることが多いのだ。旧英領、のアフリカである。

英語的な発想と英語的な考え方と英語によるシステム。

長い時間が経って、それらのシステムへの親和性も高いし、また、アングロサクソン的な考え方や暮らしぶりはけっこう日本人と似ているところもあったりするから、結果として、日本にいると、外国語イコール英語であり、外国といえばやっぱりアメリカにイギリス。これが日本でイメージしていた外国だった、ということに、わたしはまことに、おそまきながら、気づくのである。

フランス語、スペイン語、ポルトガル語（そしてイタリア語にルーマニア語）を話す「ラテン世界」というものがあって、そこには、アングロサクソン的、というか、英語的、というか、そういうものとはまったく違う世界が広がっている。

フランス、スペイン、ポルトガル、そしてラテンアメリカ全域。ブラジルはポルトガル語圏で、そのほかのラテンアメリカはスペイン語圏である。

インターネットの普及は、英語の世界言語化でもあったようで、今でこそこれらの国でも英語を習うことに余念がないようだが、ラテンアメリカでは、長く、第二外国語は英語ではなく、フランス語だった。

人と人の間が近く、スキンシップが濃厚で、男と女の間に交わされるまなざしや会話は、いつも色っぽい。

今や日本では職場で女性の服装や髪型をほめたりするとセクシャルハラスメントと言われかねないが、これらラテン社会では、髪型を変えて職場に行ったのに、誰も何も言わないなんて、それこそが礼儀に反する。みんな、今日も素敵だね、その髪型いいね、服がよく似合うよ、などと、臆面もなくほめ合うことに日々の生きがいを感じているので、誰も何も言ってくれない日本の職場に帰ると、なんだかおしゃれをする甲斐もないように思えてしまう。

これらラテン系の言葉には、親密な関係の異性を表す言葉が多彩にあって「制度的な配偶者」「制度に関わらない配偶者」「配偶者ではないがステディな関係」「志を同じくする強い関係」「からだだけの関係」などなど、それぞれ別の単語だったりして、その多彩さに極東島国出身のわたしはめまいがするようであった。

そう、三十年前にパリを訪れたわたしは、これらラテン社会のことを少しも知らなかったのだ。

ラテンの言葉も学んだことがなかったから、パリの看板の単語一つ、わかりはしなかった。彼らがしゃべっている言葉も、ちんぷんかんぷん。素敵な街の、素敵な人たち、と思ったけれど、ただのおのぼりさんだった。

その後、三十年の時間は、まず、わたしをポルトガル語話者にした。ブラジル人男性が二人の子どもたちの父親となり、家族として十五年くらい暮らして十年ブラジルに住んだから、いやおうなしにポルトガル語を話すようになった。

ブラジルという国の英語の通じなさは日本どころではないので、ポルトガル語を話さないと生きていけないのである。さらに、日本人にとっては、スペイン語、ポルトガル語は発音が日本語に近いせいもあり、英語よりずっと上達しやすい。さらに、ラテンアメリカのみなさまは、スペイン語、ポルトガル語初心者に対して、それはそれはやさしいし、おはよう、と言えるくらいで、お前は天才か、と言わんばかりにほめてくれるものだから、みんなすぐに語学が上達する。

わたしもポルトガル語を繰るようになって、ブラジルに限らず、ラテン世界に開かれていった。ポルトガル語とスペイン語は、方言程度の違いでお互いそこそこ理解できるし、フランス語もだいたい書いてあることはわかるようになる。

Google 翻訳などのインターネットによる翻訳は日々、向上しているとはいえ、まだ日本語からの翻訳は心もとない。しかし、フランス語―スペイン語―ポルトガル語間（おそらくはイタリア語もルーマニア語も）については、Google 翻訳（おそらく excite とか他のサイトも）は、ほぼ完璧に翻訳してくれる。最近、スペイン語圏、フランス語圏で仕事をするときは、ポルトガル語で資料さえ作れば、Google 翻訳さんが完璧に翻訳してくれることに助けられている。

三十年後に訪れたパリ、看板や標識に書いてあることがそこそこわかるようになっているし、会話もなんとなくわかり始めてきたし、フランス的文脈への理解も少しは進んで、本当に楽しかった。

二〇一六年に亡くなったフランス文学者、山田登世子（とよこ）さんが何度も書いておられるように、パリは、みて、みられる劇場都市である。カフェは道に張り出し、そこにいる人は飲み物を片手に会話を楽しみながら、道ゆく人を見ているし、また、道ゆく人に見られてもいる。

年齢にかかわらず、男も女も実に魅力的であり、魅力的であろうとしている。

いわゆる芸能人が年齢をかさねてもきれいな人が多いのは、人に見られる職業だからだ、というけれど、この街では、街を歩いているだけで、カフェで冷たい飲み物を飲んでいるだけで、常に人の視線を意識しているから、みんなが芸能人なみに、人に見られることが前提の自分、をつくりあげているのである。

こういうところにいると、年齢にかかわらず「きれいにしていなくっちゃ遺伝子」がオンになってゆくのを感じる。自分を見られるに値する存在にしていたい、という欲望が出てくる。

年齢がいっているとか、あまり美人でない、とか、太っているとか、やせているとか、そういうことと関係のない、見て、見られる、ことによって自分でつくりあげていく、自信、というものがあるんだな、と思わせられる。

それは、魅力的であろうとする不断の努力であり、パリ在住の方に聞くと「それはそれで、疲れる」とおっしゃるのだが、そういう努力は、何より、女性自身の自己肯定感を高めていくこと、つまりは、今の自分を認めて、その自分をより良い方向に、自分がより快適である方向に持っていこう、とすることにつながるのではないのか。

そして、そういう自信こそを、本当の強さ、というのではないのか。

二〇一七年から二〇一八年にかけて、ハリウッドを中心に巻き起こったセクハラ告発キャンペーン #MeToo に、フランスの大女優、カトリーヌ・ドヌーヴが意見文を出したのだが、彼女が言いたかったことは、要するに、女性は犠牲者で、男女差別に苦しむかわいそうな存在ではない、女性とは、嫌な人間に嫌なことをされたら、はっきりとノーをつきつけられる、単なるヘタな口説きと性的暴力くらいは見分けられる洞察力がある、嫌なことがあっても乗り越えられる、そういう強さと自己肯定感を持てる存在のはずだ、それこそがエンパワメントじゃないのか、ということだったと、わたしは思っているのである。

四章

「活躍」の形はいろいろ

家の仕事

世間は就職活動の季節である。

職場である女子大も、就職活動でみなさん、実に忙しそうだ。

パソコンでテストを受け、エントリーシートを出し、スーツを着て何度も面談に行き、グループディスカッションとか、プレゼンテーションとかいろいろなカタカナの活動を次々とこなしていて、本当にみなさんえらいなあ、と思う。二〇一八年現在、就職市場は好況が続いていて、売り手市場状態だから、わりとさくさく就職が決まっていくことも多いのだろう。

最終的には就業する人が多いにしても、毎年、何人かのゼミ生には、就職活動を数カ月やってみて「ほとほと疲れてもうやりたくない」という人が出てくる。

申し上げたように、売り手市場ではあるし、幸い、職場の女子大は、先輩たちが百年以上営々と良き仕事の伝統を作ってきているような学校だから、「仕事がしたい」という人に「見つからない」ということは、まず、ないのだが、「就職活動がつらくて、やりたくない」人は、けっこう出てくる。

当たり前だと思う。若い人たち全員が、イノベーティブで、クリエーティブな仕事をしたいわけじゃない。全員が海外に出張したりして、ばりばり企業の最前線で働きたいわけでもない。

面接に行けば、みんな、人と会うのが好きです、とか言って帰ってくるのだと思うが、新しい人に会うのも苦手な人だって多いはずだ。自分が今まで知っていた人間関係の中だけで生きていたい、という人も少なからず、いる。

わたしなど、育ってきた家があんまり好きじゃなくて、できるだけ遠いところに行こうとした親不孝ものであり、遠くに行きたかったがために、地球の裏ブラジルに十年も住んでしまった放蕩娘（ほうとうむすめ）（死語）であったが、世の中、そんなダイ・ハードで、誰もが反対しそうなことをやりながら、トゲトゲして生きていかなくていいのである。

ましてや、世界に冠たる「先進国」になったのだから、この国の暮らしだってちっとも悪くない。遠くに行かなくても、家にいたい、知らない人の中で出会いを広げていくより、自分の近しい人間関係の中で生きたい、という人がいてもおかしくない。

かくして、ひきこもりが増えた、とか、言われる。

ちょっと古いが二〇一〇年の内閣府の調査によると、「ふだんは家にいるが、近所のコンビニなどには出かける」「自室からは出るが、家からは出ない」「自室からほとんど出ない」といった「狭義のひきこもり」が二四万人弱、「ふだんは家にいるが、自分の趣味に関する用事のときだけ外出する」ような、「準ひきこもり」が四六万人くらいで、両方合わせた「広義のひきこもり」は七〇万人くらいであるという。

もちろん「ひきこもっていられる」のは、誰かがその「ひきこもっている」人を経済的に支えているからであり、本当に一人でなんの経済的後ろ盾（だて）もなくひきこもっていたら、そんなに長く生活してはいられないのは言うまでもない。

なんだか現代的な問題、と言われているが、家から出たくない、家から出られない、他の人のところに行って仕事なんかできない、という人は、実はいつだっていたのではないのだろうか。

新しい人とうまく関われない、半径一キロくらいで暮らしていた、という人。昔からけっこういたと思うのだが、こういう人の多くは、一世代くらい前まで、「家の仕事」をしていたのではないか。いや、実際は「家の仕事」の大した働き手にさえ、なれていなかったかもしれないが、形としては「家の仕事」を手伝っていたのではないか。

これは、「家事手伝い」という、いわゆる、嫁入り前の娘（これも死語）が家事のあれこれを習うとかいうのではない。実際に、「家でやっている仕事を手伝う」ということである。

本当にちょっと前まで、「家」は勤め人を送り出すところではなくて、「家業」というものを持っている「家」が多かったのである。外に出て行きたくない人は（あるいは、出て行きたい人でさえ）「家業」を手伝っていた。農業だったり、漁業だったり、第一次産業に従事しているだけではなくて、家で小さな店をやっていたり、ちょっとした商売をやっていたりしたことは多かったから、外に出て行かなくても、やるべきことがあった。

ああ、書いてみて、戦後日本の歴史とは「家制度」と「家父長制」の打倒の日々だったことに気づき、「家」がなくなったのだから「家業」もなくなっていったのだということもわかるし、「近代」というものが小さな自営業を中心とした中間共同体を解体して、むき出しの個人と国家の関わりを問うものであったということもわかる。

それでもなお、この「家の商売がなくなったこと」と、「ひきこもり増加」、とは関連があるのではないか、と、つい、思ってしまうのだった。

いつから、「仕事をする」ということがすべて「外に」あるいは「会社に」働きに行くこと、になったのだったか。

実際、この国では際立って自営業者は減っているという。国勢調査によると、一九九〇年代には自営業主とその家族従業者を合わせて一三〇〇万人くらいいたらしいが、二〇一〇年代に入ると、ほぼ半減して、七〇〇万程度になっているらしい。

この「家族従業者」というのは、そういう言い方は失礼だが、そんなに実際には働いていない人もけっこういる。自営業の従業員、ということにはなっているが、要するに、家族で外に「勤め」に出ていない人は、自営業なら、「家族従業者」になることも多い。

自営業の減少。そういうことではないか、と、もちろん思っていた。農林水産業を家族で営んでいる人はどんどん減っているし、日本中いたるところに大型店舗の販売店ができるようになり、地元の市場や個人商店は、次々となくなっていったのは、この国に住む五十歳以上のすべての人が記憶していることだと思う。

近所の雑貨とかちょっとしたお菓子とか週刊漫画雑誌とかを置いていたお店も、ほとんどすべてコンビニエンスストアに取って代わられていく。わたしの周囲や親戚だけでも、小さな店や商売を辞めた人は何人もあり、そういう人たちは高度経済成長期の中、すべて、勤め人となっていった。もちろん家族も。

ひきこもりの原因には、もっとシリアスなことがたくさんあって、そんなに簡単なことではありえず、解決策も、複雑である、ということなのだと思う。

しかし、ひきこもっている人の家が小さな自営業ならば、ひきこもっている人はひきこもりじゃなくて、「家族従業者」になりうる。

きっと、ほんの少し前まで、家からあまり出たくない人は、そうやって実際に、あるいは、形だけ、家の仕事を手伝い、実際にはそんなに働きがよくなくても、なんとか他の家族の助けで食べていけて、それに、結婚だって、それなりの年齢になれば、それなりの人を、周りが紹介してくれて、それなりの家族をつくっていたのではないのか。

「すべての人は結婚するもの」と周囲が思っていたら、そういうことだって可能だったのである。収入がたっぷりなければ結婚できないとか、定職がないと結婚できないとか、そういうことを周囲が結婚の条件と思っておらず、すべての人は結婚すべきだ、とおおよそ考えていた頃は、誰だって結婚できるような仕組みになっていたからである。

自営業が減り、結婚が本人の意思に任されるようになって、際立って目立ってきたことが「ひきこもり」でないか、と思うのは、まちがっているのかな。まちがっているかもしれないが、小さな自営業が増えればよいのに、とは、思う。もっとたくさんの人が結婚するようになるのは、今さら、難しいかもしれないけれど。

鯖江市の「女性活躍」

ある集まりで、「ワーク・ライフ・バランス」について八分間でプレゼン資料を使っていいから、話すように、と言われた。ワークが左、ライフが右、で年ごとに記入していくような表もいただいた。

こういうことが苦手なのは、よくわかっていた。どこがワークでどこがライフかいつもわからないからである。

もちろん仕事にもよるのだとは思うので、あまりにいい加減な言い方は避けるべきとは思えど、自分を振り返ってみると、本当に公私混同というか、仕事とプライベートはあまりに深く関わり合いすぎているというか、そんなにきちんと線を引けるものではなかった、としか、言いようがない。

　もう還暦で、若い方から見れば、それなりのキャリアを築いてきたように見えてしまう年齢なので、適当な言い方をすると、逆に嫌味に聞こえるかもしれない、と思いつつも、あえて書くと、わたしの仕事や勉強は、それだけで単体で存在したことなどなくて、いつも、「一緒に暮らしたい人」について行くことありき、で、あった。

　多くの場合、そこで働かないでいられるほど安定した収入の家族生活もなかったから、仕事を探して働いてきた、にすぎない。

　だいたい二十五歳以降、つまりはプロとして仕事をするべき大人の年齢になってからのわたしはほとんど、一緒に暮らしたい男性がいるところに行って、暮らしていた。

　二十代半ば、ザンビアで働いていたけれど、共に暮らそうとしていた人が東京に戻ったので、わたしもザンビアの仕事を切り上げて、東京に帰った。生まれて初めて東京に住んだが、薬剤師だったわたしは、免許を使って仕事をすることの恩恵を感じつつ、東京の病院でしばらく働いた。

そのあと当時のパートナーが、沖縄に行きたい、というので、琉球大学の大学院に行った。本当は勉強するなら東京にいたいと思っていたのだが、どうしても沖縄に行く、と言われ、何気なく新聞を見ていると「琉球大学保健学研究科」という大学院が突然できており、行きたい大学院ができていて、やることができてよかった。

そのあとロンドンに一人で行ってしまったことが人生を変えるのだが……。それについての詳細は、今は省略。ロンドンに行ったあと、パートナーがブラジルに行く、というので、ブラジルについて行けるように、ブラジルでの奨学金とかリサーチファンド（研究資金）を取って一緒に行った。

一年後、ロンドンに戻るというので、わたしもロンドンで仕事を探した。幸いロンドン大学が仕事をくれた。論文、という成果物を出さないと仕事がなくなるので、ひたすら論文を書いた。そのあとまた、パートナーがブラジルに行く、というので、ロンドン大学に籍を置いたまま、ブラジルで調査をしたり国際協力の仕事をしたりした。

そのあとのフェーズでは、パートナーが東京にいるので、東京で仕事を探した。

研究職が見つかり、そのあと現在の職場、女子大に就職することになって、ずっと東京にいることができたことは、とても幸運だったのだ。

書き連ねていてもとくに自慢になるような話じゃないのだが、つまりは何が言いたいかというと、常に、仕事は「私」の部分に規定されていて、ワークとライフの間の線はあるようでない、ということなのだった。

そしてそのようにして仕事をしていると、今振り返れば、けっこうハッピーにやっていけたのである。なんだかわからないけど仕事もプライベートも一緒にやってしまっていると、犠牲にしているものが限りなく少ないから、でもあるのだろう。

八分間プレゼンの集まりの当日、何人かの、わたしよりは若いが、けっこうな年齢の有職女性たちが同じようなワーク・ライフ・バランスの話をしており、みなさんわたしよりずっと立派にワークとライフを説明なさっていたが、どなたも実は似たようなこと、つまりは、仕事とプライベートはそんなにはっきり分けられない、とおっしゃっていたことは印象的だった。

ほとんどの女性にとって、ワークとライフはきっとそんなに明確に分けられないのであり、それが分かち難く関連していた、とのちに感じられるほど、ワーク・ライフ・バランスというものはうまくいきやすかったのだ、おそらく。後付けかもしれないけど。

卒業論文の季節で、毎日四年生のお相手をしている。学生の一人が福井県鯖江市でフィールドワークをしてきた。恥ずかしながら、福井県鯖江市が、「女性活躍」という意味で、抜きん出た指標をお持ちの市なのであることを、学生の報告を聞くまで知らなかった。

もともと福井県というところは、女性の就業率は五三パーセントで全国一位[1]、育児中の女性の有業率が八一パーセントで全国二位[2]、共働き率五九パーセントでこちらも全国一位[3]、さらに六十五歳から七十四歳の女性のボランティア活動および社会参加活動時間が一人あたり全国一位[4]、と並外れた「女性活躍県」なのだが、その中でも鯖江市は女性就業率が県下一位であるというのだ[5]。とりわけ二十代から四十代前半にかけての子育て期の女性就業率は、女性の活躍に関する指標において世界の先進国と言われるスウェーデンを上回る、と言われる。

学生さんはこの鯖江市で、市の関係者や、たくさんの女性たちの話を聞いていくのだが、そこで出た話も、わたしが言っていたようなこととは若干違うんだけれども、要するに「仕事とプライベートは分かちがたい」ような仕事の仕方ができているところだ、ということであった。

人口約七万人の鯖江市はもともとメガネ、漆器、繊維なども製造してきた地場産業の町である。とりわけメガネに関しては、メガネフレームの国内製造シェア九六パーセントを誇る、「メガネの聖地」なのであり、就業人口の六人に一人が、メガネ関連製造従業者で、市内にメガネ製造従業社は四五〇社存在し、その半数以上は四人以下の事業所なのであるという。

要するに、この町は自営業、というか、自分の家で会社をやっている方が抜きん出て多い、小さな商いを中心にしている町であって、家族全員で働いているから、女性たちも自分が経営者であることも多いし、自分が管理職みたいなものなのである。

誰かの管理下にあるわけではなくて、自分の家の商売なのだから、自分で時間を采配できるので、子育てや介護や家事の時間は自分で調整しながら仕事ができる。学校行事があれば、休めるし、子どもの具合が悪くても家にいるからなんとかなる。また、要するに家族事業所なので、三世代同居率も高いし、ある年齢になったから引退するということもなく、高齢女性も働けるし、嫁や娘の子育ての手伝いなど当然するのである。職住接近、近所もみんな働いているから、地域の結びつきは当然高く、時間も自由に采配できるから、当然、地域活動への参加率も高くなる。

ワークとライフは、混在して存在している。

学生さんがこの鯖江で聞いてきたことは「女の人は昔から働いていたから、今もずっと働いているので、急にほめられるようになってびっくり」しているというようなことだった。

この町の女性たちにとって、「働く」とは「よそに働きに行く」のではなく、家で働くことだから、人生のすべてが連関して暮らしが成り立っていて、ここからが仕事、ここからがプライベート、という感じじゃないことがうかがわれた。

これはどうも、世の中で言われている「女性活躍」社会というより、一昔前の自営業中心だった働き方に近い。

女性が働く、とは「会社に勤めに行ってバリバリ働く」だけではなく、一昔前の矛盾を少しずつ解決しながら、「女性がおうちで働くこと」について考えていくモデルのほうがよく機能する可能性がある。

これは前項で書いたひきこもりと自営業の減少とも、もちろん関わるようなことで、平川克美さんがおっしゃっていたような「小商い」[6]が未来の方向、ということでもある。みなさま、『小商いのすすめ』再読してみませんか。

[1]　総務省統計局『平成二十七年国勢調査』
https://www.stat.go.jp/data/kokusei/2015/kekka.html　二〇一八年十一月二十四日閲覧
[2]　総務省統計局『平成二十九年就業構造基本調査』
https://www.stat.go.jp/data/shugyou/2017/index.html　二〇一八年十一月二十四日閲覧
[3]　総務省統計局『平成二十七年国勢調査』、前掲

[4] 総務省統計局『平成二十八年社会生活基本調査』
https://www.stat.go.jp/data/shakai/2016/index.html 二〇一八年十一月二十四日閲覧

[5] 総務省統計局『平成二十七年国勢調査』、前掲

[6] 平川克美『小商いのすすめ』ミシマ社、二〇一二年

新しい母系家族

山口県に住む、六十代になったばかりの知人が最近すごく忙しくなったのだという。夫もまだ生き生きと外で働いているし、自分も仕事をしているから、もともとすごくヒマだったわけではないのだ。しかし、五人いた子どもたちもそれぞれ独立して、手はかからなくなったし、自分の家族も夫の家族もひと通りの介護を終え、まあ、夫と一緒に基本的に、ゆったり暮らしていたのである。

しかし、このところ、洗濯物もものすごく増えて、食事の量も増えて、洗う食器も増えて、保育園の送り迎えもあり、なんだかものすごく忙しい。

娘さんが離婚し、三歳の子どもを連れて、実家に帰ってきたのである。娘さんはおだやかで笑顔が可愛らしくて、性格が良くて、手に職も持っていて、仕事もできる。子どもを連れて離婚したので、働かねばならない、と、以前にも増して仕事に精を出している。真面目で働き者の娘さんなのである。

そんな娘さんが幼い子どもを連れて帰ってきたのだから、六十代の〝ばあば〟は、がんばることが期待されている。娘の一大事なのだから、ここでがんばらねばどうする。今どき六十代は、まだまだ働き盛りだから、軽自動車を駆って、今日は保育園、明日はお稽古事、と、大活躍することになった。

それにしてもねえ……と彼女は言う。「出戻り」とか、「世間体が悪い」とか、もう本当に、昔の話ね、だって、周りも、みんな、そうなんだもん。

彼女が住んでいるのは、言っちゃ悪いけど、本当に「いなか」であり、五十年間ちっとも駅前の雰囲気が変わっていないようなところで、電車は一時間に一本くらいしか来ないこともあるし、畑も広がり、田んぼも山ものどかに広がるところで、今どき、車がないと、どこにも移動できず、家族の数だけ車がある……そういうところ。

大学に行く人とか、まだ、めったにいない。ご近所はだいたいみんな顔見知り。絵に描いたような「日本のいなか」、つまりは地方なのである。

そういう「いなか」ではちょっと前までは、けっこう、世間体やら、近所の手前やら、といったことは気にされていたのであったが、今やそういう世間様とか、常識のほうが、明らかに変わりつつある。

彼女の孫が通っている保育園は一クラス二〇人くらいなのだが、その多くがシングルマザーであるという。保育士さんいわく、四歳児のクラスにいたっては、「お父さん」が家にいる子どもは一人だけらしい。

娘たちは、だいたい高校を出てすぐに、あるいは、専門学校などを出て、少し働いて結婚して、子どもを産んで、そして、離婚して、実家に戻ってきている。子どもと一緒に住んでいるシングルマザーたるお母さんはほぼ全員働いているので、子どもは保育園にあずけられ、その送り迎えをやっているのは、ほとんど「じいじ」と「ばあば」なのである。

わたしの知人も、当初は、「出戻り」で帰ってきて、シングルマザーになった娘が、保育園とか職場とか、いろいろなところで居心地が悪いんじゃないか、と少しは思っていたのだというが、こういう保育園の様子とか、娘の様子を見て、あれ、これ、みんなそうなんじゃないの、と、思うに至った、という。

彼女の娘は、保育園のシングル・ママたちと、すぐにＬＩＮＥでグループをつくってお友達になり、情報交換をして、近所でお茶したり、お休みの日にランチしたりしている。

ご存知の方はご存知と思うが、洒落たカフェや、すごく美味しいランチを出すレストランは、今や都会だけのものではない。最近の「いなか」には、都会から帰ってきたり、Ｉターンした人たちがオープンした、ここは、原宿か六本木か、みたいな、あるいはそれよりずっと洗練されている上、食材も新鮮で安価なので、すごくリーズナブルなお値段で素晴らしい料理を出すレストランが、畑のど真ん中に、あったりするのである。

そういうところで、シングルマザー同士で子どもと一緒に、あるいはママ友だけで、けっこう楽しくおしゃべりしている。

子どもとも、あっけらかんと楽しく過ごしていて、休みになったら、車で子どもと出かける。いなかのお母さんは、みんな、車を運転して当然。休日になったら、今日は、あの子ども専用図書館に行こう、明日は、海に行ってみよう、来週は、下関のじいじとばあばに会いに行こう、とか、楽しく過ごしている。

下関のじいじとばあばというのは、離婚した夫の父母であり、離婚しても、母と娘で元夫の親戚のところに遊びに行ってお小遣いももらうし、元夫も「会う権利がある」から、子どもともよく会うし、ついでに離婚した当事者同士も、けっこう会う機会があるのだという。

知人は言うのだ。

時代は変わったわね。離婚したって、けっこうお互い行き来してるしね。そういうものなのね。まあ、お金はそんなにないけど。これがね、都会だったら、きっとアパート借りるのだけで大変で、すぐ、ほら、貧困家庭になっちゃうと思うんだけど、ここはいなかでしょ。実家にいるとそんなにお金かからない。実家にいなくても、公営住宅が月一万円くらいで借りられるし、それに十分じゃないけど母子家庭の手当てもあるし、養育手当てもあるから、働いて給料安くても、なんとか暮らしていけるのよね……。

もちろんつらいことがないとは言わないし、裕福な生活であるわけでもないが、今や地方のシングルマザーのみなさまは、わりと屈託なく、明るく、子どもたちと毎日を過ごせる環境があるらしい。

「じいじ」と「ばあば」と、娘と孫、というパターンは、あまりにも多く、これが新しい家族の形なんじゃないか、とわたしの忙しくなった知人は錯覚してしまうという。

日本の様々な制度は、「お父さんお母さんと子ども二人」を平均的な家族とみなして設計されてきているというが、すでにそのような実態は、都市圏から離れた地方から崩れ始めているのではないのか。

五十代、六十代の「じいじ」や「ばあば」は十分に元気で、孫がいるといそいと張り切ってくれるし、娘のほうも安心して働けるし、子どもとの時間も楽しく過ごせる。「対」としての男女の親密な暮らしさえ恋しいと思わなければ、これはこれで安定した完璧な家族のありようである。

そのうち親が老いれば、娘と孫が介護に当たり、孫が女の子なら、その子がまた妙齢になれば結婚して、離婚して、その娘を連れて、実家に帰ってきて……。

おお、これは新しい母系家族の始まりなのではあるまいか。

それにしても気になるのは、妻に子どもを連れて実家に帰られ、一人残される男性のほうである。

妻たちはみんなシングルマザーとなり実家に帰って保育園に子どもをあずけて、ママ友つくって暮らしているのだが、残された夫たちはどうやって過ごしているのであろうか。残された夫が一人で実家に帰った、という話は、知人も聞かないそうである。

男の人？　あらあ、すぐ新しい奥さんもらっちょってでしょう、と山口弁で言われるのだが、そんなに話がうまくいくものなのかどうか。

若い男たちは、いっとき子どもをつくる頃だけ、家庭を持って、そのあとは、妻と子どもたちに実家に去られたあと、どうするのか。

新しい母系大家族と、一人暮らしの男たちが老いていく、新しい日本の家族の形態が見えてくるのが、なんだか少し、うすら寒いような気が、やっぱりわたしは、するのであった。

そういう時代

こういう時代は続かないんじゃないかな、と思うことはよくある。

まあ、一言で言えば、便利すぎるから。

なんでもインターネットで注文して、早ければ当日に荷物が届く、というサービス。本当に便利でありがたいことで、こんなサービスがあるから、東京に住むことと地方に住むことで、買えるものに差がなくなってきた。

情報と物流が機能しているから、最近は東京にいようが地方にいようが、若い人たちが同じ格好をしている。地方に行ったから、女の子のセンスがめちゃくちゃ悪いとか、男の子がめっちゃダサい、とか、そういうことはちっともなくなった。

むしろ空気も食べ物も環境も良い、地方の方のほうが高い生活水準を維持しておられることが多いから、若い男女も地方の方のほうがすっきりしておられたりする。以前はそんなことはなくて、東京に時折出てくれば、ああ、本当に東京の人は着ているものが違うなあと思ったけれど、今やそんなこともないのである。

世界中の人と、タダで通信できて、タダで延々とおしゃべりできる。これは人類の夢だったなあ、と思う。

どれほど距離が離れていようと、WhatsAppやＬＩＮＥで一瞬にしてメッセージやら写真やらが送られてくるし、電話と同じようにいくらでも話ができるし、テレビ電話までできるから、家族や愛しい人と離れていても、まるで隣にいるかのようにリアルタイムで顔を見ていられて声を聞いていられる。

先日、キンシャサ在住の方を大学で招聘（しょうへい）していたのだが、キンシャサとリアルタイムで切符やビザの状況のやり取りをして、あら、今、アジスアベバね、あ、今、ソウルに着きましたね、と連絡しながら、大学の宿舎に着いたら、お疲れ様でした〜、というようなメッセージを送り合うことは、慣れてきたとはいえ、いや、すごいことだなあ、と感心する。

いい時代だけど、ずっとできるんだろうか、こんなこと。

世界に内戦や厳しい状況に伴う飢餓はまだあるし、国内でも貧困問題は解決してはいないとはいえ、この国にあふれる食の豊かさはどうだろう。

海外に行って帰ってきた人がよく、日本の外食・中食は安い、と言う。五〇〇円から一〇〇〇円くらいで、バラエティーに富んで、そこそこ美味しいものが手に入るというのは、ちっとも高くない、他の国はもっと高い、とおっしゃるのである。おそらくその通りであろう。

こんなにいつ、どこでも美味しいものが手に入るような暮らしはもちろん大量の食物廃棄に裏付けられているのであり、こんな時代はずっと続くんだろうか。豊かさには不安も張り付いている。

こういったインフラも一度大災害が起きれば一瞬にして崩れることを、この国に住まうわたしたちは住む場所を問わず経験するようになってしまったから、いかにこの時代の基盤が危ういか、ということも知らないわけではない。

それでも勤勉なみなさまの力で、一週間持ちこたえれば、なんとか基本的には生き延びる条件を整えられることが多い、という感覚もまた、多くの人が共有していると思う。

いくらたくさんの問題を抱え、格差の問題は解決しておらず、生活が苦しい方もまだまだおられるとはいえ、この国の豊かさについては、国際水準で見ても異論がないと思うのだが、でも、こういう時代、続けられるのかな。

こういう時代は続かないんじゃないかな、と一番思うのは、でも、こういう紋切り型の「今はすごく物質的に豊かだけど、これから無理じゃないか」というエコロジカル環境改革、精神的なあり方の是正、等を目指す方向のことではなくて、実は、「明らかな女性差別」などを目にするときであったりする。

もう、そんな「明らかな女性差別」をしているような時代は、続かないんじゃないかな。

二〇一八年も暮れようとしている。女性が医学部入試において差別されていたことが明らかになった年だった。

女性や浪人を差別していた、ということで諸医学部は追加合格をかなりの数、出しているようで、今後五年間定員を減らしたりしながら対応するそうである。このレベルにおける、明らかな女性差別をしているような、こんな時代は続かないと思う。

医師が働きすぎなのである。働きすぎが悪い、とか、こういうことを簡単に言ってはいけない。幾重にも、働きすぎを顧みず、国民の健康を守るために必死で働いてきた彼らが責められたり、批判されたりしてほしくない。身を粉にして夜も寝ないで三十時間以上連続勤務、とかごく普通になさっているのである。

そういう働き方を女性にさせたくない、というか女性がすることは難しい。だから体力もあって、子育てに時間を取られない男をとりたい、とお考えになっていたわけである。そのような無理な働き方を自分もしてきて、若い人にもさせよう、と思っておられる層が上層部におられるのであろうから、「男をとらないと、医学の世界はもたない」と思われていたのであろう。

国際保健を仕事にしているので、海外、とりわけ、開発途上国、と言われるところに働きに行くことが多い。

このところエルサルバドル国立女性病院という、国で一番大きな産科と新生児科のある病院によく行く。はっと気づくと院長以下、全員女性である。あら、女性病院なんだから女性の医師が多くて当たり前かしら、みたいな感じだが、もちろんそんなことがあるはずがない。主任から医長から院長まで、幹部が全員女性であることは偶然ではない。

エルサルバドルだけではない。ラテンアメリカのどこに行っても女性たちは医師としてしかも病院幹部として活躍している。キューバでもブラジルでも、そうだった。マッチョ・ラテンアメリカにおいて、男女差別の問題はまた別次元で大変だと思うのだが、男女が平等に働けるような条件さえ整えば、おそらく女性医師は増えるのである。

細やかな気働きと手先の器用さや丁寧さ、総合的な判断力が求められる医師という職業はもともと女性に向いている仕事なのであろう。

今、以前の体制のままの日本の各医学部は大変なことになっているだろうと思うが、このような時代は所詮続かない。ご苦労なさっていると思うが、どうか次の世代の女性のみならず男性医師の働きやすさのために、なんとかがんばっていただきたい、と関係者のみなさまのお気持ちを思うのである。

人種や性別による差別を許さない、ということは、このわたしたちの住まう近代社会の根幹に関わる問題なので、差別はやってはいけないのだ。

やってはいけないとはいえ、やっていることが多いじゃないか、と言われるだろうし、だからこそ闘ってこられた方も多いわけだが、そこは、そんなあからさまな差別をやっている時代は、長くは続かないように、システムとしてなっているから、時間の問題だと思う。

もちろんそこに至るために闘わなければならないことはまだまだ山ほどあれど、ある意味、決着は見えている。

そういうことを言うと、「三砂センセー、男に甘いですからね」と言われるのだ。

しかし、そういう問題じゃない。

そういう問題じゃないけど、わたしが男に甘いのは、真実かもしれない。だってわたしは男性が大好きで可愛いのである。子どもも男だけだし。バカなことばっかり言って、とか、アホなことばっかりやって、とか思うけど、しょうがないわねえ、と思ってしまうのである。

こういうのは女の敵なのだろうか。そうなのかもしれないが、女性への愛情は、男どころではない。若い女性が愛おしくて仕方がない。今から女としての人生を歩いていこうとする人の話を聞くだけで涙ぐんでしまう。要するに、情が深すぎる。

こういう人は、一昔前なら、女郎として売られた果てに、情人に一緒に死んでくれ、と言われたら、さっさと死んじゃって、二十歳やそこらで人生終えていたにちがいない。それなのに、この時代だから、教育も受けさせてもらって、職業も得て、還暦まで迎えた。ありがたいことである。

そんな時代は、続いてほしいと思うな。

五章

家で生まれて家で死ぬ

圧倒的な経験不足

これだけ医療が発達した国にあって、なぜ、家で生まれて家で死なければならないのか。

当然、生まれることも、死ぬことも、どちらも病院で起こって、しかるべきもの、と今は大体の方が思っておられるのであろう。

「何があるかわからないから」というのが、生まれることも死ぬことも、病院で取り扱う、というおおよその理由であると思うが、「何かあったら」大変なのは、実は病院にいても、同じなのだ。

「計画された自宅分娩」（要するに、もともと家で産もうと思って助産師や医師に頼んだり、準備を整えたりして、家で産むこと。うっかり家で産んじゃった、というのでは、ない）は、病院での分娩と比べてもより安全なくらいだ、というデータはもう、ずいぶん前にアメリカから報告されていたものだ。

それでも、「産むこと」と「死ぬこと」を身近でつぶさに観察する機会もないままに人間が育つようになって、すでに三世代目くらいにかかっているから、お父さんもお母さんもおじいちゃんもおばあちゃんも「知らないねえ」ということを、若い人が選ぼうとするはずもない。

具体的に言うと、若い女性が「わたし、助産婦さんに助けてもらって、自宅で子どもを産みたいんだけど」などと言おうものなら、父も母も舅（しゅうと）も姑（しゅうとめ）も、はたまた祖父母たちまでが「そんな、あんた、何かあったらどうするの。いざというときのために大きな病院で産みなさい」とおそらく全員一致で言うと思う、ということである。

家族の誰もが知らないことを、しかも、病院にかかることがほぼ全国民に保証されるようになっている今、なぜそんな、ひいじいちゃんやひいばあちゃんの時代に戻るようなことをしなければならないのか、と家族全員が思うのである。

かくして、家族には相談しないで自分でさっさと助産院などを決めてしまうような、親不孝に属するくらいの娘でないと、開業助産師に介助してもらう自宅出産はできなかったりするのだ。

死ぬことについても、誰かが家でだんだん弱っていって、亡くなっていった、などという死に方を見ていないものだから、年寄りになって死期が迫ったり、病を得て弱ったりしていくと、とても自分自身が家で死ぬことをうまく想像できない。

よほどの迷惑を家族にかけてしまう、と思い、とても家で死ねない、やっぱり病院で世話になりたい、と思う人が大半ではないか。

家族の方も、死にゆく人を見たことなど一度もないのに、親しい人が死んでいくことを自分自身が支えられるのか、という心もとなさがあると思う。

当たり前である。経験がないのだから。

わたしたちは、お勉強とか、お仕事とか、パソコンの扱いとか、スマホの使い方とか、三世代前と比べるとずっといろいろなことができるようになったが、多くの人間が人類としてやってきたことについては、「圧倒的経験不足」のまま、成人し、老齢に至ろうとしているのだ。

東京多摩地区、というのは、東京の真ん中、二三区の外側にあり、三鷹市、国分寺市、立川市など「区」じゃなくて、「市」があるので、「市部」と呼ばれるところでもある。都心まで早くて三十分、一時間とか一時間半とかそれ以上かかってしまうところがほとんどで、まあ、はっきり言って東京都内の「わりと、いなか」に位置する。

しかし、都心には抵抗のある人や、こだわりを持って生きている人などがけっこう多い地区で、概して環境も良いところなので、というか、意識して良くしよう、という人たちが多いところなので、いろいろと興味深いことがあれこれ起こっているところでもある。

多摩地区は、珍しく、「開業助産師」を選べる地区である。少なからぬ助産師が助産院を開業していたり、自宅出産を介助したりしている。

国分寺市の矢島助産院は、その「ハブ」のような助産院である。ここがあるから、多摩地区の開業助産師の数が多いのである。みんなここで研修し、開業する。院長の矢島床子さんは何度もテレビ番組で取り上げられている方だから、ご存知の方も少なくないであろう。

同じく多摩地区の国立市では、訪問診療の草分け的存在で、終末期医療とケアに関してよく知られた著書もあり、数多くの提言をしておられる新田國夫先生が開業しておられ、国立市の在宅医療を支えておられる。

つまり「家で生まれて家で死ぬ」取り組みは、多摩地区ではすでにけっこう長い実践が積み重ねられてきているとも言えるのだ。他の地区と違って。

我が職場である津田塾大学も、東京多摩地区、小平市にある。大学の中および周囲は森が広がり、タヌキが生息し、こぶしほどの大きさのガマが女子学生を驚かし、数多の珍しい植物などが学内に生えているそうで、「東京の大学」というと、詐欺みたいに思われるほど（近年、オリンピックスタジアムのある千駄ケ谷駅前にも新学部ができ、東京の大学らしいところもできたので、許してください）豊かな自然の中に位置している。

瀟洒（しょうしゃ）なブリティッシュスタイルの美しい学舎があり、「気」の良い大学である。さすがに百年以上も、「女性によりよく生きてほしいものだ」という祈りが積み重なると、このように、清々しい場になるのだ。毎朝、我が職場に着くたびに、なんとわたしは美しいところで働いているのだろう、と思い、津田梅子先生、ありがとう、と思わざるをえない。

ここはわたしの母校ではないが、こういう場で二十歳前後の若い時間を過ごせる人の幸運をいつも思ってしまう。人が育つ場、である。

しかしその「いなかぶり」は如何ともし難く、地方からの学生さんも、育った街のほうがよほど都会であり、ここは東京とは思えぬ、とおっしゃる。しかし、いきなり二三区内の都心に放り込まれるより、この多摩地区にあるサンクチュアリーで訓練し、東京というところに慣れながら卒業後、一気に都心に向かう、というのは、悪くないオプションに見える。

この多摩地区の津田塾大学で、多摩地区の「家で生まれる」側代表、矢島助産院

矢島床子先生と、「家で死ぬ」側代表、新田クリニックの新田國夫先生をお呼びして、二〇一六年の末、「家で生まれて家で死ぬ」というシンポジウムを開催した。

このお二人はほぼご近所と言える距離で仕事をなさっているにもかかわらず、今まで会うこともなかったという。

しかし、双方の話は、打ち合わせもなしでぴったりと軸が定まり、いささかの齟齬もない。もともと人類が延々と続けてきたことを継承していくことには、根源的な喜びがともない、あるいは、想像を超えるような励ましがビルドインされていることを、参加者に強く印象付けた。

ほとんど宣伝らしい宣伝もしなかったのに、かなりの聴衆が集まり、活発な議論となったことを見ると、やっぱりみんな、このことに興味があるのだ。

人はどのようにして生まれ、生き、死に、そしてその周りにいる人はどのようにその生死に関わるのか。そのことに関わることは、周囲の人間をどれほどに励まし、支え、紐帯を強くするのか。

わたしたちが三世代を超えて忘れてきたことについて、お二人の具体的な話によって、参加者たちの世代を超えた記憶が呼び覚まされていくようだった。
「家で死ぬ」ことは、おそらく「家で生まれる」よりも、早くわたしたちの手に取り戻されるであろう。それは、今、生きて現役で働いて、意思決定をしている世代が、この「記憶」に気づけば気づくほど、「自分もそのように死にたい」と思うようになり、そのような制度設計に加担していくであろうから。

それが広がっていけば、その先には、「家で産む」ことへの取り組みがさらに広がっていく可能性があることを疑わない、と言っておこう。

生と死は連動しているのである。

出産と死は怖い？

前項で、「家で生まれて家で死ぬ」ということを書いている。家で産んだり、家で死んだりすることについて、わたしたちは「圧倒的経験不足」に陥っている、と書いたのだ。

「生まれること」と「死ぬこと」。

人類は数限りなく、このことを経験してきた。近代医療が誰にとっても身近なものとなる前にも、人類は続いていた。人類がここまで滅びることなく続いてきた、ということは、おおよその繰り返される「生まれること」と「死ぬこと」は、それほど「怖いもの」ではなかった、とは言えないだろうか。

寂しいこと、ではあったと思う。死ぬことは冷たくなった人ともう話したりふれたり会ったりできないことだから。

でも「怖いかどうか」というのはまた違う話だ。「生まれること」と「死ぬこと」がそんなにすべて怖いものであれば、人類はもっと早い段階で、その形を変えていたのではないのだろうか。

もう二十年くらい前の話になるが、地球の裏側で、日本の国際協力のプロジェクトとして「助産婦（という言い方は、当時の言い方）のいないブラジルに助産婦を作る」という仕事をしていた。

日本にいたら、助産師はどこの国にでもいると思うかもしれないが、助産師のいない国もけっこうあるのだ。新大陸、南北アメリカには、人類最初の職業と言われる「産婆」を、近代医療の助産師という職種にアップグレードしていかなかった国も多く、ブラジルにも当時、助産師という職業がなかった。

そういう国に、助産師という資格を作っていくために、日本の、たくさんの助産師さんにブラジルに来ていただいて、助けてもらった。そのうちの一人がおっしゃったことが今も忘れられない。

「開発途上国の妊産婦死亡率が高い、と言われていて、その対策もいろいろ考えられているけれど、わたしは、こんなに妊産婦死亡率が高いのは本当におかしいと思う。ずっと妊娠と出産を見てきたけれど、自然なお産はそんなに危ないものじゃない。もちろん、危ないことはある。それは生きていることそのものが、そうだから。ほとんどのお産は、怖いものじゃないし、何事もなく産める。何かおかしい、と思うことは、ずうっと妊娠期を見ていると、気がつけることは多い。それでも何か危ないことが起こる、ということは否定できないけど、この途上国の妊産婦死亡率の高さは考えられない。みんな、〝医療のシステムが不十分〟とか〝病院が足りない〟から妊産婦死亡率が高いと思っているけれど、そうではないのではないか。本来は、なんでもないお産を、女性に何か理不尽なことをして危なくしているのではないか」

そうなのかもしれない。動物としてここまで生き延びた人類のそもそものお産はそれほど危ないもの、ではなかったのかもしれない。

途上国では「性器切除」とか「安全ではない中絶」とか「女性の抑圧」とかに始まり、「ちゃんと食べられない」「内戦状態である」などのように、様々に関わる女性をめぐる理不尽な状況が、お産を危なくしているとも言えるだろうし、お産そのものがもともと危なくて、医療がなければ安全にできないものだ、というのではないのかもしれない。

もともとそんなに危ないことではなかったお産を、いろいろな社会状況で危なくしていって、それを近代医療の力でなんとか、危ないことでなかった頃のレベルに戻そうとしているのが、現在の状況とも、言えるのである。

ともあれ、生まれること、と死ぬこと、はそんなに怖くはなかったのではないか、というのが、今日の話だ。

長く研究してきた、自宅で産むこと、自宅のような雰囲気で産むこと、についての、女性たちや介助者の話を聞いて思うのは、出産とは喜びの体験であり、女性の身体の至福である、ということであり、そのほとんどは怖いことではない、ということだった。

本人にとって喜びの経験であるのみでなく、そのようなお産を介助している人にもその喜びは伝わる。開業助産師たちは、そのような経験に立ち会えることで、大きな喜びと励ましを得ているというし、お産に立ち会えるほど素敵なことはないという（それでもやっていけない助産所も増えていることは、また別のときに話そう）。

死ぬことも、今は、生活の場にはないから、やっぱり怖いもの、と思ってしまう。近年、自宅で配偶者を看取った。思い起こしてみれば、「怖いこと」はもっと別の時期にあり、死にゆく人に寄り添い、看取ること自体は、怖いことではなかった。正直言って、もっと、怖いことを経験するのではないか、と思っていたが、死にゆく人に寄り添うことは、寂しいけれど、自分自身が励まされるような、おだやかな経験だった。

たった一人を看取っただけだが、開業助産師さんたちの話を思い起こしながら、死もまた、生まれることと同様に、おだやかにその場に立ち会えば、おそろしいものではなく、残った人間に先を行く希望を残してくれるものではないか、と、つらつらと考えた。

とはいえ、人類は、怖い出産や、怖い死も、もちろん、体験してきたのだ。頻繁にではないにせよ、怖い経験は、あったと思う。確かに。

どうしようもない、怖い出産もあっただろうし、苦しむ死にゆく人に何かできないのか、と身悶えする経験もあったことだろう。怖い経験としての出産も死も、確かに経験されてきたと思う。だからこそ、そういう怖い体験によりよく対処しようとして、わたしたちは、精緻な近代医療や福祉の体系を作り上げてきたのだ。

緻密な医療の体系は、だから、数少ない、怖い体験のためのものであったはずなのに、いったん体系が出来上がると、わたしたちの意識は、すべて医療の対象となる「怖い」ところだけに照準を当てるようになってしまう。

そうなると、ほとんどの生まれることと死ぬことは、怖くはなかったということは、意識の外に置かれ、忘れられてしまう。「意識の外」に置かれると、わざわざ意識を作り上げないと、取り戻せない。豊穣の経験であること、は、また、作り上げられなければならない、新たな「意識」となってしまうのである。

「怖い」経験となってしまったことはできるだけ避けたくなる。生と死をあまりに医療の言葉のみで語ることにより、その豊かさを失っている、ということの実態なのではないか。

「少子化」ということも、そのあたりを考えていかなければ、誰も産みたいと思わないのではないか、と思う。

医療や福祉の言葉で語り続ける限り、すべての生まれることと死ぬことはリスクへの対処であり、リスクへの対処ということは、大変なこと、難しいことへの対応であり、それは専門職が専門的なトレーニングの元に行うほうがよいことであり、「素人」にはただ、怖くて、遠ざけたいもので、専門家の助けなしには、立ち行かない、と思わざるをえないものになる。

すべての人が経験するというのに、それでよいのか。

何を取り戻せばよいのかさえ、よくわからなくなってしまったが、せめて、「家で生まれて家で死ぬ」ことの記録は残したい、と思っているのである。

死んだら終わり、ではない

夫は唯物論者だった。

「唯物論者だった」、と過去形にしているのは、昔は唯物論者だったのが、最近、神様の存在を信じるようになりました、とかいうわけじゃなくて、夫は、二〇一五年に亡くなってしまったから、過去形なのだ。

「神様」や「仏様」を一切信じていない人だった。日本人の多くは「信仰を持っていません」という人が多いと思うし、年代を経るにつれ、ますます、寺社仏閣と縁なく暮らしている方も多いのかもしれないが、元旦には神社に初詣に行き、子どもが生まれたらお宮参りをして、葬式にはお坊さんに来てもらい、法事をやる、という人は、今もそんなに珍しいわけでもないのだ。

亡くなった夫は、初詣も行きたがらない人だった。だいたい人が多くて、行列するところには行きたくない、というのもあったようだが、神社で手を合わせることを良しとしていなかったのだろう。

常々、「葬式には絶対に坊主を呼ばない」、と言っていたから、彼の存命中に彼の母親が亡くなって、実際に、お葬式をすることになったときも、お寺と一切の関わりを持たずに葬儀を終えた。

線香をあげる代わりに、献花をして、読経の代わりに、本人の若い頃からの写真をスライドショーにして、集まった親戚のひとりひとりがちょっとした言葉を寄せて、それなりに心のこもった式となった。今どきそういうことをする人は少なくないようだから、葬儀屋さんもごく普通に対応してくださった。

もちろん本人も、自分が死んだときは、「坊主を呼んでの葬式はいらない。あとで偲ぶ会、とかしてほしい」とか、勝手なことをいろいろ言っていたが、夫を亡くした段階で、さほどのクリエイティヴィティがあるわけでもないわたしは、個性的な葬儀をアレンジする気力はなく、夫の葬儀は、お坊さんに任せた。

周りの人の多くがやっていることが、だいたい楽でいい、と思うわたしの態度は、おそらく本人の気に入らないところがあったと思うが、死んだら、家族に任せるしかないので、どうか許してもらいたい。

団塊の世代の矜持(きょうじ)、というのは数々あると思うのだが、この徹底した唯物論者であろうとする姿勢もその一つではあるまいか。

多感な学生時代にヘルメットをかぶり、必死で考え、マルクスとかグラムシとかアドルノとかいろいろ読んで勉強してきて、社会科学を学び、人文科学を学び、自然科学や医学のあり方を考え、神などいない、と思った、ということなのである。

周りの友人たちは、いわゆるエリートコースを歩んでいった方も少なくなかったが、本人としては、学生時代に考えたことを不十分ながら、なんとか生涯考えたい、と努力していた。別に学者や研究者になった人ではなかったが、それなりに、若い頃に立てた志を大切にして、本を読み続けて、人と会い続けて、不器用に生き続けて、学生時代に考えたことを自分で納得したいと考えていた。

他の人がどうか知らないが、本人にとっては、唯物論者であることは、その世代に、そのようなことを若い頃にやってきたものの責任……のように、それこそ、不器用に、感じていたのではあるまいか。

「死んだら、それで、はい、おしまいよ、だよ」と、常々言っていた。

宗教のみならず、いわゆるスピリチュアル系の話も、一切遠ざけた。祈禱(きとう)も占いも健康食品も、彼にとっては宗教の一種であり、宗教は麻薬であり、人間を考えることから遠ざける、冷静な判断をすることを邪魔するもの、と思っていたと思う。

だから、病んでも、一切そういうことに救いを求めなかった。「死んだら終わりだよ」といつも言い続けていたのだ。最後までその姿勢が変わらず、突然、宗教的な救いを求めたり、妙な健康療法を試したい、などと言うこともなかった。死んだらおしまい、を繰り返していた。

死ぬ数週間前、「これで終わりならあっけないもんだな」、と言っていたことは、今も忘れられない。人間、人智を超える大きな存在、というものを信じない、ということは、実はとても厳しいことなのだと思う。

しかし、今になればそう言いながらも、彼は、人間の力を超える、何か大きなものについては、おそらく感じていなかったわけではなくて、むしろ感じてはいて、感じてはいてもなお、人間の理性に頼りたい、と思っていたのではないか。彼に先んじて亡くなった彼の母親が買っていた墓地に建てた墓石に、彼は、「宇宙」と刻んだのだから。

しかし、実際に死なれてみて、思う。

死んだら終わり、ではない。

はい、それまでよ、でも、ない。ちっとも終わってない。終わりじゃない。いかなる意味でもこの人の存在はビビッドにわたしに影響を与え続けている。

夫を自宅で看取った経験を書いてはどうか、ということで『死にゆく人のかたわらで』（幻冬舎）という本を書いた。がんで亡くなる人を自宅で看取る、という経験は、まだ、どういうことかわからない人も多いから、書いてみてはどうか、ということになったのである。

本を書いたら、あちこちの新聞や、雑誌から取材の依頼をいただいた。福祉関係の公的機関や、学会から、講演の依頼もいただいた。わたしは今まで、講演と言うと、もっぱら自分の研究における専門分野である、女性や子どものことなどを話すことが多かったのだが、「看取りの経験」について話せ、と言ってくださるのである。

わたしはそんなことができるのだろうか、と思ったが、依頼してくださるのだから、なんとかできるのかもしれない、と思って、そういうお仕事も受けるようになった。自分ができないんじゃないか、と思っても、周囲がそうおっしゃるなら、できるのだろう、となんとなく思ってしまうのである。

こういう仕事は、もう、直接、亡くなった夫のご縁で回ってきている仕事なのであるから、「死んだら、はい、おしまい」、では、まったくないのだ。わたしは新しい仕事を、彼の采配(さいはい)で受けるようになっているのである。

亡き夫は、がん治療について多くの著作をあらわしておられる近藤誠ドクターの編集者でもあった。だから、『がん患者自立学』（晶文社）という本を近藤先生と一緒に作ることにもなった。亡き夫が、憧れ、大好きだった近藤先生との仕事は、またもや、彼の手引きによるもの、としか言いようのない仕事である。

かように、亡き夫は死んでから、わたしに新しい仕事の分野を開拓している。死んでからも、彼の存在が、わたしとわたしの周囲を動かしているのである。

そんな大層な話ではなくても、日々のとても小さなあれこれを考えるとき、決めなければならないことがあるとき、なんとなく生きていた頃のように彼に問いかけている自分がいる。

こういうとき、彼ならどう言うだろうか、どうするだろうか、と考えながら、動いてもいる。この人にまもられている、とも感じる。この人との関係は、ちっとも終わっていないのである。

「死んだら、おしまい」じゃないではないか。死んでも続くものが多いではないか。その存在はあまりに身近ではないか。

唯物論者だった彼に、「ねえ、ちょっとどう思ってるの」と、その辺、可能ならば、お茶でも飲みながらゆっくり話を聞きたいものだが、もういない。

そうだ、もういないのだ、と、死んでも終わりではないけれど、やっぱり死んだら会えないのだ、と、当たり前のことを呆然と反芻する三回忌の日々である。

仏壇

実家を閉めた。

父が亡くなって、五年。実家が残り、住む人もいなくなっているのに、キープしてきた。すぐに処分する、という決断がつかなかったのだ。そういう方はおそらく、今の日本に、たくさんおられると思うが、我が家もそうであった。

災害の続く日本、家が倒れもせず水に浸かりもせず、処分する時点まで無事であったということ自体が、ありがたいことであるとも言える時代になってきた。被災された方には、ただ心寄せるばかりである。生活の再建を心から祈る。

実際、西宮の実家は、二十三年前（二〇一八年当時）、阪神・淡路大震災に直撃されている。当時、わたしは地球の文字通り、裏側、十二時間時差のブラジルに住んでおり、同僚から、「日本で大きな地震だよ」と聞いても、阪神間で地震起こるわけないな、となんとなくたかをくくっていたのだが、テレビに目をやったら、近所にある高速道路が倒れていた。

地震など起こるはずがない、と思っていた地方である。東京の家のように、固定された家具など、阪神間にはなかった。我が家もタンスが倒れ、母が背中を怪我したというが、それくらいですんだ、と言えるのが幸運であった、と、ほどなく知ることになった。

西宮のタクシーの運転手さんと話す。「なんだか今思えば、あの地震以降、本当に、災害、増えましたね」「そうですなあ、あの大地震、と言うても、今はどの地震かわかりませんもんなあ」。そういう時代になってしまった。

わたしは東京に住んでいる長女である。西宮の実家は、わたしが生まれ育ってきた家、というわけではない。わたし自身が育った祖父母の代から住んでいた家は、阪神・淡路大震災に先立つこと数年、父がすでに処分していた。古い家であったから、震災を耐えられたとは思えず、その時期の処分は英断であった、と言わねばなるまい。

今回処分した実家は、たいそうな値打ちのある家や土地、というわけではなく、交通が不便なところにある築三十五年くらい経つ公団の分譲マンションで、売れるかどうかもわからなかった。それでも固定資産税はかかるし、管理費はかかるし、光熱費はかかる。住んでいる人もいないのに、それらを延々と払い続けることには意味がないとは思うし、処分しなければならないとわかっていたが、決断がのびのびになっていたのは、「仏壇」があったからである。

家を閉めて、処分するためには、掃除をしてものを撤去して、売りに出せばよい、というわけにはいかない。そこには「仏壇」がある。

「仏壇」があるから、時折、開けにも行っていたし、お盆となればお参りがあるから、また、行っていた。誰も住んでいないところに仏壇を置いている、という後ろめたさもあり、だからと言ってさっさと仏壇を移してしまって、家を処分する、という気持ちが定まらなかった。

気持ちが定まらなかった、というのは、わたし自身が実家の仏壇をどのように扱うべきか、明確な方針を持てるほどに、その仏壇のよって立つところの宗派の信仰を持っていなかったから、だからと言って、仏壇なんかいらないでしょ、燃やしちゃいなさい、などというほどの唯物論者にもなれなかったところにある。

仏壇を燃やす、なんて、あまりに恐れ多すぎるラディカルなことのように聞こえるが、わたしの父方の祖母も母方の祖母も、その家の仏壇を燃やしているのである。

実際、仏壇をどうしようか、と我が事として考えることになったわたしには、仏壇を焼く、というのがどれほどラディカルなことか思い及ぶし（わたしにはできません）、我が双方の祖母の過激なことにあらためて驚いたりするのであった。

ちなみにわたしの「ちづる」という名前は祖母の一人が「千代」、もう一人が「つる子」であったので両方の名前を取って付けられた名前であり、その過激な祖母二人の血と名前を継ぐのであるから、自分の過激さと素行の悪さを自分だけのせいにしなくていい、と思えたりして、助けられている。

父方の祖母は、幼い頃から多くの不幸を親戚に見てきている人であり、「因縁」の厳しさについて、いつも口にする人であった。

もともと曹洞宗であったらしい（このあたり不明なままであるが）父の家の宗派を、日蓮宗に変え、熱心な寺の信徒になり、ことあるごとに身延山（みのぶさん）に通い、朝に晩にお題目を唱えていたのは、一緒に住んでいたからよく覚えている。

母方の祖母は、おだやかで有能な人でわたしをこよなく愛してくれた人であったが、あるとき、突然、浄土真宗の仏壇を燃やし、創価学会に入信、同時に叔母（祖母の娘）たち二人も入信した。政権与党となる前の創価学会と蜜月であった時代の公明党のために、祖母も叔母もその娘も、選挙となれば山口県から、関西にでも東京にでも熱心に出てきて「ぜひ公明党に入れて」と言って帰ったものである。こちらの祖母も、日々お題目を唱え、熱心に信心していた。

思ってもみよ、両方、嫁いで来た嫁が、勝手に宗旨替えしているのである。そんなことといったいどうすれば可能なのか。日本は家父長制で、お父さんが偉かったんじゃないのか。

我が双方の祖父は、それほど気弱で軟弱な人でもなかったし、それなりに二人とも、男らしい人たちであったが、自分の家の宗旨を、妻が勝手に変えることをいったいどうやって許していたのであったか。

女性は家父長制度のもとで抑圧されていた、という一文をそのまま一方的に信じる気になれないのは、こういうことを身近に見ているからである。我が家の二人の祖母が過激すぎた、というだけではあるまい。

ともあれ、わたしの仏壇へのアンビバレントな姿勢が、父の実家の処分をずるずると遅らせていたのだが、今年に入って、二十代後半にさしかかろうとしている長男が「早く処分することにしよう」と言う。

夫を亡くして、今や「老いては子に従え」の時代にあるわたしは、息子の言うことは聞くようにしているのだ。よって父の家を閉めることにして、仏壇の移送に取り掛かることにした。

仏壇を移すには魂を抜く、つまり「抜魂（ばっこん）」ということをしていただいて、移送ののち、「魂入れ」をしていただく必要がある。我が家が檀家である、すなわち宗旨替えした祖母が熱心に通っていた寺は、代替わりをして、今となっては、連絡もうまくつかない。

移送の一カ月も前から、寺にも、住職さんの携帯にも、奥さんの携帯にもメッセージを残すのだが、連絡が取れない。引越しの日にちは迫るので、しょうがないから、小学校時代からの友人が神戸で日蓮宗の庵主さんをしているので彼女に抜魂をお願いし、魂入れは、主人の葬儀においでくださった東京の我が家の近所の日蓮宗のご住職にお願いした。まだ三十代のお若い方である。

この三十代ご住職の説明がふるっていた。

「お位牌は、携帯電話の端末のようなものです。この端末があるのでご先祖様とお話できるわけですね。あの世からの電波をそれで受けるわけです。宗派というのはですね、ｄｏｃｏｍｏとかａｕとか携帯電話の会社みたいなものでですね、どこと契約して端末を使えるようにするか、という感じなわけです」

なるほど。そうであれば、サービスなどに気に入らないところがあれば乗り換えればよいわけなのか。両祖母の宗旨替え、という行動は、それほどに過激なことではなかったのか……。納得できるような、できないような。

ともあれ、実家を閉めて、仏壇を移した。移してみると、なんだか、ほっとした。住んでいる家の和室に、何十年も前からあるかのように、祖母のお経の染み込んだ大きな仏壇は、ぴったりと収まった。

家に帰ると仏壇がある。熱心な日蓮信徒であったわけではないのに、なんだかほっとする。

家族は幻想であり、仏壇は単なるシンボルであり、墓も葬儀もいらない、などという世間になって久しいが、わたしもそれに慣れているつもりであったが、移送した仏壇のくださる安寧に、今は、包まれていたいような気持ちでいるのである。

六章

女を生きるのは楽しい

的外れな性教育

もともと、何かおかしい、と思っていたのだ。性教育、という名の下で、主に教えられることが、避妊法や妊娠中絶、であったりすることが多いということが。

もちろん望まない妊娠はとても困ったことだし、妊娠中絶は女性の心身に大きな負担を残す。やらなくてすむなら、やらないほうがよいことに決まっているし、望まない妊娠は避けるに越したことはない。

それでも、若い人向けの「性教育」と呼ばれる内容の多くが避妊法であり、性感染症の予防であり、妊娠中絶を避けること、などであることはヘンじゃないかな、と思っていたのである。

「なるべく妊娠をしないほうがよい」と言う前に、若い人に向けて先の世代から伝えなければならないことは別にあるのではないか、といつも考えていた。

そして、ここ数年、それはいっそう顕著になってきたように思う。「どうやったら妊娠しないですむか」ということを説く時代ではなくなってきているのではないのか。

わたしは勤務先の女子大で「国際保健」とか、「健康教育」という講義も担当しており、確かに、避妊や妊娠中絶について語ることも少なくない。現実に、国際保健の文脈で、女性のエンパワメントの一つとしての近代避妊法の普及は開発途上国にとってまだまだ重要なことだ。

しかし、このところ話せば話すほど、よその国はともあれ、自分がこの国の実態とは、かなり離れてきていることを話しているのではないのか、という、なんとなくうすら寒い心持ちがしてならない。

「避妊法」を語るにあたっては、当然だけど、前提がある。

人間は、生殖年齢になると、性行動をしたくなり（要するにからだが大人になってくるとみんなセックスをしたくてたまらなくなるものであり）、多くの場合実際にそれなりに相手を探して性行動に及ぶことが多く、そうやって、やり始めると毎日のようにセックスすることも多く、そうやってやりたいからといって毎日のようにセックスをしていると、生殖年齢にある場合、妊娠することが多い。

そして、この人間社会にあっては、女性の都合、男性の都合を考えても、いつ妊娠してもかまわないとか、出産してもいいとか、そういうことになっていないこともままあるから、そうならないように、セックスはしても、妊娠しないように「避妊法」を使いましょう、ということになっていたのである。

WHO（World Health Organization：世界保健機関）の定義などを見ても、「避妊法」には人類がかなり前から使っていたと思われる「ナチュラル避妊法」と、「モダン避妊法」というのが両方あることがわかる。

「ナチュラル」な避妊法、というのは、いわゆる「膣外射精」とか、「女性がだいたい最初の生理日から二週間目くらいはセックスを避ける」とか、「おりものが粘っこくなったらセックスしない」とか、「排卵日を女性が気づくようになる」とかそういうものだけど、どれも「完全を期するべき避妊法としては不確定要因が多すぎる」ということは、大人の男女であればよくおわかりであろう。

そこで、「モダン」な避妊法が登場する。ＨＩＶ／ＡＩＤＳの時代にあっては予防手段として世界が注目し、常に人気はないというのに、この国では戦後から一貫して避妊法のチャンピオンであった「コンドーム」、とか、世界中の女性が使ってきたのに、日本では認可も遅れ、認可されても女性に人気がない「ピル」、とか、子宮内に挿入するＩＵＤ（Intra Uterine Device：日本では「リング」とか呼ばれていたけどやっぱり人気はそうなかった）、とか、あるいは卵管結紮（けっさつ）とかパイプカットみたいな永久避妊法とか、そういうものが「モダン」な避妊法である。これが世界中で普及されてきたのだ。

十年暮らしたブラジルでは、何と言っても女性側の永久避妊法である卵管結紮が人気の高い避妊法であった。既婚女性が二〜三人子どもを産んだら、卵管結紮してしまうのである。

かの国では、中産階級ほど、帝王切開で子どもを産む人が多い、という歪んだリプロダクティブヘルス状況が広まっていて、帝王切開の「ついで」に卵管結紮を頼んだりするのである。

書きながら、なんということであろうか、とあらためて呆れるが、ここで書きたいのはそのことではない。むしろ、ここで書きたいのは、かの国では「既婚女性がもう子どもが欲しくないと思うときは、永久避妊してしまう、というオプションを受け入れるほどに、頻繁にセックスしている」ということである。

今さら書くのが恥ずかしいほどに、当たり前のことである。「結婚」というシステムは、今のところ、世界中の人類が制度化した、安定的に恒常的にセックスのパートナーを得るための手段であった。成人男女はセックスしたいものであり、恒常的に誰でもセックスできるほうがいい、そのほうが、人類の暮らしは安定する、とおよその社会で、前提として、そのように理解されていたのである。

今回の文章で「前提」という言葉が何度も出てくるが、わたしが「うすら寒い」

思いがした、と先に書いたのは、ここで書いているような「前提」が、この国の現在には当てはまらなくなってきている、と感じるからだ。

若い愛し合っている男女は、顔を見ればセックスしたくなるものである、ということが、若者に性教育として避妊法の授業をする前提であったが、最近付き合っている若い男の子と女の子はあんまりセックスしない、ということも少なくないらしい。

結婚したばかりの男女は、一緒になれてうれしいから、朝に晩に毎日セックスして、はっと気づいたら最初の子どもを身ごもっていました、というようなものだと思っていたが、最近では結婚してから、子どもが欲しいときは、排卵日付近に数回セックスをして妊娠しなかったら、不妊外来に相談してしまうらしい（不妊クリニック勤めの方が言っていた）。

ましてや、子どもが数人いて、もう子どもはいらないな、と思っているような、結婚してかなりの時間が経つ夫婦が、卵管結紮しなければならなくなるほど毎日セックスしている、というケースは、数えてないけど、あんまりないみたいだ。

ましてや、生殖期を過ぎた夫婦にセックスというオプションは実に稀(まれ)なことでありそうなのは、五十代、六十代のママ友同窓会に出てみると、みんな「夫婦別床」か、「夫婦の間に犬または猫が寝ている」か、という話になることからもよくわかる。

ああ、セックスレス日本。

さらに、だいたい、結婚する人、結婚できる人たちがどんどん少なくなっている。皆婚時代の日本にあっては、妙齢の男女が結婚できるように、周囲のおじさんおばさんが相手を探してきていたものだが、そういうシステムはとうに機能せず、結婚は自力で相手を探すことができる人たちだけができる、「高嶺(たかね)の花」のようになりつつあるのだ。

成人男女が目覚めたとき、隣に手を伸ばせば誰か寝ている、というようなことは、大変な贅沢になりつつある。

インターネットもあるし、夜中にやりたいこと多いし、仕事も忙しいんだから、別にセックスしなくてもいい、とか、つい考えてしまうようになってきているわけである。

こんな国で、「避妊法」について説くという「的外れ」。

わたし自身が担当する「健康教育」の授業も「国際保健」の授業も、かなり考え直すべきか。その基礎には、「なるべく妊娠出産を避ける」のではなくて、妊娠出産はからだの喜びである、という祝祭としてのメッセージが通底していなければなるまい。

取り越し苦労

勤務先が女子大なので、若い女性から相談を受けたり、おしゃべりしたりする機会がたくさんある。

彼女たちはよく、「今、一人でもこんなに大変なのに、誰かと結婚したり家族が増えたり子どもが生まれたりしたらどうしたらいいのかわかりません。わたしは一人でいたほうがいいのではないかと思います」などということをおっしゃる。

取り越し苦労なさっているのである。

気持ちはよくわかる。周りが、結婚するのが大変だ、妊娠出産と仕事を両立するのは大変だ、子どもを育てるのはもっと大変だ、と言い募(つの)っているので、若い女性としては思わず不安になるのだと思う。まったく気の毒なことである。

あなたは今二十歳前後で、若くて、まだまだ人生経験としては足りないところもあって、心配なのかもしれない。お金をまともに稼いだこともないし、料理も簡単なものくらいしか作ったことがないし、人の世話とか、まともにやったこともない。家の掃除もどの程度ちゃんとできるのか心もとない。

しかし、あなたはあなたのまま、ではないのである。あなたは、これからフェーズが移れば、違う自分になっていく。そして、それはいつも、良きことである。

フェーズが移り、自分が変わっていくことは、あなたの中の違うあなたの発見であり、あなたの知らなかったあなたの力が見出されることだ。フェーズと環境が変われば、あなたは今のあなたとは違う人間になっている。

つまりは、二十歳くらいの学生のままで、母親になったり、家族を持ったりするのではないのだ。いや、二十歳で学生のまま、母親におなりになってもよろしいのだが、母親になってしまったら、そこであなたは変わるので、二十歳の学生のままのあなたではなくなります、ということを申し上げているのである。

今のままの能力で、会社で課長になったり部長になったりするのではないことと同じである。今、自分の時間を丁寧に数えて、一日何をしているか時間を配分してみて、「ああ、自分のための時間だけでいっぱいだ。ここに人が入ってくる可能性はない」と考えるかもしれないが、人が入ってきたら、それなりになんとかなっちゃうのである。算数のように足し算引き算で時間とやることが決まっていくわけではない。

たとえば、今、いくら寝ても眠たいのに、隣に赤ん坊が寝ていたりしたらどうしたらよいのか。赤ちゃんは夜何度も起きるというし、そんなことはとてもできない、と思うかもしれないが、実際に赤ん坊が生まれてみると、授乳している期間は、隣に寝ている赤ん坊が「ゴニョゴニョ」と何かいうと、母親の目はばしっと覚めるようにできている。なぜか実に赤ん坊の動きに対して覚醒するようにできている。何というか、ハイな状態になっていて、あまり苦もなく起きられたりするのである。

赤ん坊がおっぱいを離れてきて、物を食べ始める一歳くらいになると、次の生理が来たりして、急に夜に起きるのがつらくなったりするが、それはそれでまたフェーズが移った、ということである。

夫や子どもたちのために弁当など作る時間などあるはずがない、と、家族がいないときは思うかもしれないが、いざ、家族を持ってみると、以前三時間かかってもできなかった書類が三十分で出来上がるようになっていたりして、結果として弁当を作る時間ができていたりするのだ。

要するに、人を世話するフェーズになると、他の仕事を片付ける能力が上がってしまったりするのである。

だから、結果として、このようなことに取り越し苦労をするのは無駄なことであるのがわかる。

自分の周囲の環境が変われば、とりわけ家族構成というものが変われば、そのように適応すべく、とりわけ女というのは、能力が上がっていくものだと思う。だから、先々のことは心配せず、今やっていることを楽しくやって、次のフェーズが来たら、そのときに考えればよいのだ。

……ということは、還暦も近い女になってくると、明確な事実であることがわかる。取り越し苦労とか、「あなた、今はいいけど将来は大変よ」などというような呪いの言葉などは、本当に無駄なものであったことがよくわかるのだ。

女の生殖期というのはなんともエネルギッシュな時期である。当たり前といえば当たり前であろう。人間がもう一人人間をつくるためにからだを準備している時期なのだから。

次世代を育てるための仕組みがいろいろとつくられていて、というか、長い年月を経て、人類というものが生き延びるために、いろいろ工夫しては次世代に伝えられてきたわけで、今の我々の形態は、不十分なところもまだあるのかもしれないが、ある意味かなり完成されたものであるにちがいない。

おそらく、生殖、ということにエネルギーを使っているとき、生殖期の女には自分の知らない、文字通り潜在能力が次々と発揮されていくようになっているのであろう。

だから、基本的に、性と生殖に関わることについては、「大丈夫ですよ、どうにかなりますから」、という楽観的な姿勢は、上の世代として正しい。「案ずるより産むが易し」とは、本当によく言ったものなのである。

性と生殖に関することについて、自分がどんな力を持っているか、自分は知らない。だからこそ、性と生殖に関わることは楽しい。不安になるよりも楽しいもののはずであった。それこそが生体の方向性なのだから。

その方向性に余計な力がかかって、バランスが崩れることを「ストレス」というのであって、性と生殖に向かおうとしているからだのエネルギーに沿ったことをすることは別に「ストレス」じゃないのである。

何度も言っている気がするが、どこまでいっても、この国では、「妊娠」「出産」「子育て」「介護」「家事」こそが女性にとってのストレス、と言われ続けていて、若い人の取り越し苦労の原因となっているので、こちらも何度も言わねばならない。

こういうことが楽しく行われるようにならない力が加わっていると、それこそが「ストレス」の原因となりうるのだ。

子どもを産める女性が産まなくても、まったくかまわないし、ご本人の自由、ということになっているし、産まないことで周囲が責めたりしてはいけない、ということについては、わたしたちは前世紀の後半あたりから、よく学んできた。もちろんそんなことはしてはいけないし、女性は自由に生きることが良い。

しかし、「産める人」が「産まない」ということ、は、「仕事が大変だから子どもは産まないことにする」よりも、実はその人のからだにとっては負担がかかることなのかもしれない、という事実は、忘れられるべきではあるまい。そのためにつくられてきている女のからだの諸器官は、使わないより、使ったほうが、潜在能力開発として楽しいし、からだも楽になるはずである。

そういうことをできるだけ多くの、経験可能な女性に経験させるための仕組みをおそらくどの人類社会でもつくってきたように見えるし、一昔前の皆婚時代の日本は、そのように機能していた。

もはやそのようには機能しない今、若い人たちの取り越し苦労は、何度考えても、先の世代であるわたしたちの次世代への愛情不足と、仕組みづくりの失敗であった、と思われてならない。

せめて次世代に呪いの言葉は吐かず、「なんとかなるから大丈夫よ」くらいは言い続けねばなるまい。

若い人の取り越し苦労の原因は、わたしたち先の世代がつくっているのだ。

明るい更年期

若い友人が「卒乳しました」と言う。

卒乳、とは、母乳哺育していた赤ちゃんにおっぱいをあげるのを、やめました、ということである。

一歳半ばくらいまでおっぱいをあげていたが、仕事で出張があるのを機に、やめたのだ、という。子どもはもっと泣いたりするかと思ったけれど、わりとあっさり受け入れて、そこは、安心したけれども、ちょっと寂しいですね、と言う。

寂しいだろうな。わたしが末の子どもの母乳哺育を終えたのは、もう四半世紀以上前のことだ。あんな小さくて可愛い天使みたいな赤ちゃんが、今、目の前にいる二十七歳の男になった、というのは、どう考えても人生で起こった奇跡のうちの筆頭事項である、以外に何も言うことがない。

母乳を赤ん坊にあげていたときの記憶もまた、今までの人生で最も甘やかで幸せな記憶であった。生まれて半年までは母乳以外何も赤ちゃんにはあげる必要がない、という国際的な常識を率先して実践していたブラジルやイギリスで赤ちゃんを産んだので、とにかく、母乳で育てられるように、というアドバイスは、いろいろもらって、二人の息子たちそれぞれ、六カ月は母乳だけで育てた。そのあとはおっぱいは飲みながら少しずつ他の食べ物を食べるようになり、一歳過ぎで「卒乳」した。

女子大生に母乳の話をしていて、牛乳が冷蔵庫にあるように、母乳が乳房に保存されている、というイメージを持っておられることに気づいた。そうではありません。

母乳というのは授乳している乳房の中にたまっているのではない。自分の赤ちゃんがおなかがすいて、ちょっと泣いたり、おっぱいを欲しそうにしたりすると、授乳している母親の乳房の中で母乳がその場で製造されるのである。いわば、製造直売、と言おうか、作ってすぐ飲んでもらっていると言おうか……。

思えば、当たり前なのであって、乳房に母乳がたまったままだと、乳腺炎などになってしまうから、乳房はいつもカラの状態で、赤ちゃんがおっぱいが欲しいときだけおっぱいを作るのだ。

おっぱいが作られると、俗に言う、「胸が張る」状態になる。張りすぎると、ちょっと痛いこともあるけれど、基本的には、赤ちゃんの鳴き声に反応して起こる、このぎゅっと胸が張る感じは、けっこう忘れがたい、いい感じ、なのである。

そして、赤ちゃんに上手におっぱいを飲んでもらうと、張ったおっぱいが楽になり、おっぱいが出ていることも、すっきりして気持ちが良い。

右のおっぱいから授乳していると、左の胸からおっぱいがピューピュー出てくるのでタオルで押さえておく、などということは授乳経験がある人には日常のことだが、したことない人には、なんのことかわからないかもしれないけれど、まあ、そういうことなのである。

この、「胸が張る」→「おっぱいが出る」という、つまりは射乳のプロセスというのは、生理学的には勃起と射精のプロセスと同じ、と言われているので、おっぱいをあげたことのない人にも、若干の想像はしてもらえるかもしれない。

そうはいっても、胸が張り、赤ちゃんにおっぱいを飲んでもらう、というプロセスの気持ち良さというか、感じの良さは、いわゆる性的な快感とは、一線を画する。

……というか、性的なこととは、方向性と次元の違う、落ち着いた、おだやかな経験である。

夜中に自分と赤ん坊だけが目覚めていて、見つめ合いながらおっぱいをあげていると、もう、世界に、この子と自分だけしかいらない、もう、世界はこれで完結している、みたいな至福につつまれる。そういう気持ちになれるから、人類ってここまで続いてきたんじゃないのか……みたいな気持ちにも、なる。

そういうことの繰り返しだったから、母乳哺育は人生で最も楽しかった経験の一つだった、と思い起こすことができるのである。

いかなる意味でもあの頃は、自分のからだは、自分のためだけのものではなかった。わたしのからだは赤ん坊に食べ物を提供するためのからだでもあったのだから。わたしのからだは文字通り、次世代のためにエネルギーを使っているからだであったのだ。

齢（よわい）六十を過ぎて、生殖期、つまりは、リプロダクティブ・フェーズは、遠い昔になってきた。授乳の記憶どころか、月経の記憶も遠くなってきて、昔々あるところに、月経というものがございましたね、みたいな感じの、この頃、である。

月経がある頃は、妊娠する可能性がある、ということだから、それなりの心配も期待もあったが、基本的に、良きものであった。毎月、月経がある、ということは、その月をどのように過ごしたか、ということのバロメーターのようなところがあって、心身ともにいい感じで過ごせたときは、月経もなんとなく楽だったし、けっこう厳しい月は、月経も乱れたりした。

それなりに良きものであったのだが、やはり月経、というのは、自分のためではなくて、次世代のためのからだの仕組みであることにまちがいはない。毎月毎月、精子と会うことを夢見る（であろう）卵子を排卵し、毎月毎月、受精卵をふんわりと着床させることを願って（いるであろう）子宮内膜を準備し、ほとんどの月は、精子と出会うことも受精卵を着床させることもなく、子宮内膜は剥がれ落ちて月経となる。嗚呼……。

要するに毎月、毎月、わたしのからだは次世代のために準備されては、その緻密な準備は不要、という状態を続けていたのである。ご苦労様であった。

更年期って大変です、つらいです、具合が悪いです、など、という言葉をいろいろ聞いておられると思う。もちろんそういう方もいらっしゃる。治療が必要な方ももちろんある。

とはいえ、なんともなく過ごしている女性も、周囲にたくさんいるのだ。わたしも、更年期のつらさはぜんぜんなかった。

すこやかに月経が終わり、つらいどころか、むしろ、晴れ晴れとした日々がやってきた。

なんだか気分も軽いし、体調も良い。エネルギーに満ちているような気がする。

これはおそらく、自分のからだを自分のためだけに使っていい、ということの晴れやかさなのであろう。

今まで、来る月も来る月も、排卵して、月経があって、次世代のために使っていたエネルギーは、今や、いらなくなったのである。晴れやかにならずして何になろう？　わたしのからだは今やわたしだけのものだ、ばんざーい、みたいな気分になってくる。

性と生殖に関わるからだの変化や、起こってくることについて、次世代を怯えさせてなんのいいこともない、と、常々思っていて、妊娠、出産、授乳、子育てなどに関して、「つらい」「痛い」「仕事の邪魔」……みたいな呪いの言葉を吐かないように、つとめてきた。

更年期も同じではないか、と思っている。

そんな簡単なものであるはずないじゃないですか、と言われながらも、できるだけ呪いの言葉は吐かないで、「いやあ、晴れやかなものなんだから」と、能天気なことを言っていれば、次世代が恐れとともに更年期を迎えない助けになりうるんじゃないだろうか。

医療サービスの十分に発達した日本、本当につらい人がいたら、相談を受けてくれる良い医師もいて、受診して治療してくれる病院もあるのだから、ここは、いやあ、ほとんどの人はなんともなくて元気に暮らせますよ、と言っておこうと思うのである。

還暦を超えても楽しい

「還暦を超えても楽しい」。これは、担当の編集さんのくださったテーマというか、タイトルである、というか……。でも、これ、違うと思う。

「還暦を超えても楽しい」のではなく、「還暦を超えたら楽しい」のである。

還暦を超えたら楽しい、還暦まで生きたら上等、還暦を過ぎたらなんでもあり。もう、いい、のである。

インドに住んでいた若い友人によると、インドではそれはそれは盛大に還暦を祝うそうである。還暦まで生きられた、ということ自体がすごいことなので、周りも本人も本当に喜んでお祝いするのだそうだ。

延々と続くお祝い。「ぜひインドで還暦を祝いましょう。ちょっとくらい、時期が過ぎてもいいんですよ。祝ってもらえます！」とくだんの友人に言われて、還暦を迎えたのは一昨年だったのだが、そう言われるなら、そうしようかなあ、と思っていたら、インドに渡航できなくなってしまった。

この原稿を書いている二〇二〇年三月、まだ、その渦中にある新型コロナウィルスの流行のために渡航できなくなったのである。インドもビザが必要な国だが、入国するときにお金を払ってビザを取得する、というシステムらしいが、今はビザを発給しない。

みんな世界中どこでも旅行するようになって、いつでもどこにでも行けるような幻想が広がっていたが、それはやはり束の間の幻想であったのか。いつでもどこにでも行けるわけではない。いつでもどこにいてもすぐ帰れるわけではない。外国に行く、ということは帰れなくなることも、行けなくなることも、帰ってもすぐには家に帰れないことがあることも、今回の一連の新型コロナウィルスのことで、あらためてわたしたちは思い知ったのである。国境がないことを目指して営々と努力なさってきたＥＵの国々が次々と国境を封鎖するに及んで、その幻想のはかなさにめまいがしそうである。

仕事柄、わりと世界中いろいろなところに行ってきたのだが、インドには、行ったことがない。いや、それは正しくない。行ったことはある。一晩だけ、ボンベイ（現・ムンバイ）でトランジットのために泊まった。二十代で働きに行ったザンビアの帰り、エア・インディアで帰ってきたので、ボンベイ一泊のトランジットをしたのだ。

一泊だけのボンベイのことは驚くほど何も覚えていない。覚えているのは、エア・インディアの座席で痛い目にあったことだけである。

疲れていたわたしはエア・インディアの座席で眠ってしまっていた。眠っていたのだが、なんだか胸のあたりがチクチクして痛い。夢かな、と思うが夢ではない。なんだこの痛みは、と思って目を覚ますと、隣に座っていた七、八歳くらいのインド人と思しき女の子が、爪楊枝でわたしの胸を刺しているのである。「やめて」とわたしは言った。女の子は、英語なんか何にも知りませんよ、みたいな顔をして、わたしの言葉に何も返事をしない。そのあとまた、寝ると、また爪楊枝でわたしを刺す。さすがに四度目くらいになって、女の子を挟んでその向こうに座っている保護者と思しき女性にお願いして、女の子の行動をとめてもらった。

わたしのインドに関するすべての思い出はこれだけである。今思い出しても、文字通り胸が痛む。だから何、ということもないのであるが……。思い出ってそういうものではあるまいか。

インドには行けないが、「還暦を超えたら楽しい」の話をしていたのだ。還暦を過ぎて感じたことは、もう、人生決着がついている、ということであった。

若い頃からいろいろなことを悩んできたような気がする。どういうふうに生きるべきか、職業を持つべきか、どういう仕事をするべきか、家庭は持つのか、具体的にいうと結婚するのか、子どもを産むのか、どこに住むのか。こういう類の悩みは、おおよそが五十代までに決着がつくことである。還暦までには、一通りこういうことはもう、やるならやる、やらないならやらない、でもう終わってしまったことになってしまう。

まず、仕事。仕事は人生において重要で、最も大きな楽しみの一つだろう。楽しみ？　仕事と楽しみは違うだろうという向きもあるかと思うが、仕事をする、というのは、自分の可能性を試す、という意味で、新しい出会いを保証する、という意味で、必要な糧を得るための手段である、という意味においても、基本的に楽しいことなのだ。

多くの場合、仕事というのは、現在、勤め仕事である。どこかに働きに行く。ついこの間まで多くの仕事の場で定年退職は六十歳であった。ここにきて、定年が六十三とか六十五に延びている職種もあるとはいえ、まだまだ、いったん六十歳定年、というところは多い。

還暦、というのは、ひとまず、「仕事はおしまい」ということだ。なりたいものもあったかもしれない。やりたい仕事もあったかもしれない。やりたくない仕事だってやってきたかもしれない。でも、もう、終わりである。

ここから先、六十過ぎても仕事をする人も増えるだろうけれど、それはもう、「おまけ」みたいなものである。年金だけでは足りないから、とか、やっぱりやりたいことがある、とか、職業によっては六十ではやめられない、とか、いろいろあると思うけど、基本的に「最も働くことを期待されて、実際に最も働ける」時代は、終わってしまったのである。おおよその自分のキャリア、というものは、納得するにせよ、しないにせよ、ここまでで築き上げてきたもので、おしまい。今、それなりに生活できているのなら、結果オーライで、自分の仕事は良い仕事であった、と思うしかないのが、還暦である。

結婚と家庭。今どき、還暦過ぎて結婚なさる方も少なくないのであるが、そもそもは結婚とか家庭をつくる、とかいうのは、リプロダクティブ・フェーズ、つまりは生殖期にある人間が次世代を育てるためにできてきた仕組みである。

もちろん、今や人間の生き方は多様化しているから、次世代を育てていなくても、ぜんぜんかまわないわけではあるが、そこはやっぱり、基本は、基本。多くの場合、結婚して家庭を持つことは次世代育成の場をつくることである。

還暦を迎えると、そういうことはすべて終わっている。結婚する人はしたけど、しなかった人はしなかった。子どもを産んだり、育てたりした方は、そうしたけど、そうしなかった人は、しなかった。

自分で産まなくても、同じである。親しい友人夫婦は特別養子縁組のお子さんを育てているが、どうしてももう一人欲しい、五十代のうちになんとかもう一人育てたい、という。還暦過ぎるとそういうことも、非常に難しいことになるのだ。

だから、還暦を迎えた頃には、結婚するのか、家庭をつくるのか、子どもを持つのか、ということについても決着がついている。そういうことをやるべきか、やらざるべきか、そのように悩むことができたのは、実は人生のある一定のフェーズのことだったのだ、ということに気づくときでもある。

もう、いい、のだ。結婚にも家庭にも子どもにも、もう悩まされなくていい。そういう決断は、還暦以前の人生において重要であったが、還暦過ぎると、もう、今あるものを受け入れるしかないのだ。悩んでもしょうがないのである。

若い頃は住みたい街もあったであろう。好きな場所もあっただろう。行きたい国もあっただろうし住みたい国もあったかもしれない。でも、還暦過ぎるとそちらももう決着がついている。

おそらくだいたいの場合は、今、住んでいるところにこれからも住むことになる。それまでいかに多くの場所に住んできたとしても、だいたい還暦を迎えるあたりで年貢の納めどきというか、もう、それ以上うろうろしても見苦しいだけ、というか、もう、今いるところが終（つい）の住処（すみか）、になりがちなのである。

ことほどさように、もう、人生、じたばたしてもしょうがない。

このように生きてきた自分を肯定し、このようである自分を受け入れ、少しでも他人に迷惑がかからないように、いささかなりとも、周囲の役に立つように、それ以外はそんなにあんまり考えなくてもいい時期に入ったのである。

はい。なんと気楽なことか。

「還暦を超えても楽しい」のではなく、「還暦を超えたら楽しい」のは、その、「決着ついたお気楽感」に由来しているわけである。

エピローグ

――わたしたちは、みんな、ほめられたい

高齢者向け住宅に落ち着いて住まう、とし子さんは九十四歳、もともとお花の師範だったり、短歌を詠む歌人でもあって、大変聡明で、しっかりして、それでいて、とてもあたたかい女性。

子どもも五人いて、それぞれ社会的にも家庭的にも立派な方である。孫はもっとたくさんいるわけで、それぞれの孫にも実に愛されていて、九十歳の祝いには孫たちが素敵なアルバムを作ってプレゼントしていた。お孫さんたちも立派な方々なの

である。認知症を思わせるような兆候もとくにはなく、快活に暮らしておられた。

　ところがある日を境に、とし子さんは「わたしは死にました」と言い始める。「わたしは二月二十日に死んだのです。明日は初七日ですね」と、言う日にちは、確かに二十日に死んだとすると初七日に当たる日なのであった。

　あわてて集まってきた家族は、いろいろとし子さんと話すのだけれど、彼女はどうしても、自分は死んでいる、あなたたちは、わたしがこわくないの、こわくない？あら、それはえらいわねえ、でも、もう初七日だからね、あと三週間もすると、わたしもこの世にはいなくなってしまうわよ、と言う。おそらくとし子さんの言いたいのは、亡くなった人は、しばらく現世の自分の家の周りあたりをうろうろしているのだが、四十九日が過ぎると、完全にあの世に行ってしまいます、という、仏教で言われているようなことであるにちがいないが、集まった家族はなんと言ったらいいのか、わからない。とし子さんは死んではいなくて、生きていて、そうやって話しているのだから。

　お母さん、死んでないですよ、生きてますよ、と息子は言うが、いいえ、あなたが見ているわたしは、もう死んでいるわたしなの、とものすごく、ある意味まともな答えが返ってくる。

息子やら娘やら嫁やら婿やらいろいろ、入れ替わり立ち替わりあらわれ、とし子さんと話す。一貫して、わたしは死んでいます、と言うのだが、三男の嫁には、とし子さんはふと、叱られたのだ、と話したのだという。施設の、いつもやさしくしてくれていた介護の若い男性に、叱られた……と。

さすがに足腰が弱ってきて、起き上がること、歩き回ることが少しずつつらくなってきたので、とし子さんは部屋の中でポータブルトイレを使っている。夜トイレに行きたくなると、手元のボタンを押して、誰かに来てもらい、ポータブルトイレへの移動を助けてもらう。その夜は、どうも寝付けなかったこともあり、何度もボタンを押して、その若い男性職員を呼んでしまい、また、そのうち一度は、まちがえて、非常ボタンを押してしまったりした。そのことで、「ここは押しちゃダメと言っておいたでしょう、びっくりするからまちがえないでください。普通の呼び出しボタンはこっちなんですよ」と、叱られてしまったらしい。

職員さんは別にきつく言ったわけでもないし、おだやかに言ったようなのだが、とし子さんからすれば、叱られたことにかわりはなかった。叱られたとし子さんは、どうやら、死んでしまったのである。そのときに……。

とし子さんは人から叱られるようなことをする人ではなかった。おだやかで、やさしくて、気遣いもできて。みんなを明るい気持ちにすることができる人だから、誰もが、とし子さんにやさしかったし、とし子さん、本当に素晴らしいね、っていつもほめていた。実際、素晴らしい人なのだ。彼女のお花のお弟子さんは、彼女の住む県で大活躍しているし、彼女の詠む歌は月刊『文藝春秋』の最初のほうのページに何度も載ったことがある。仕事の上でも、家庭でも、趣味の分野でも、ほめられ、愛されてきた人だった。そんな彼女にとって、叱られること、この歳になって叱られること、は、「死」に等しかったのだ。

わたしは父のことを思い出す。認知症をわずらって八十五歳で死んだ。とし子さんは、ボケてはいなかった（今、「認知症」と呼ばれるようになったのだから「ボケた」という言い方はご法度かもしれないけれど、他にふさわしい言葉が見つからない）。とし子さんはボケていなかったけれど、わたしの父は十分に「ボケ」ていた。きつい言葉は使わないようにしていたけれど、わたしは、認知症の初期、ずいぶん父を叱ったのではないか。わたしはそうやって少しずつ父を「殺し」ていたことに気づき、ちょっと泣きそうになる。

みんな、叱られると、本当は、死ぬのだ。自分の一部が少しずつ死ぬ。

高齢者だけのこと？　いいえ、そんなはずはない。この世はすべて美しく、愛に満ちて、自らは受け止められることになんの疑問もなく生まれてくる幼い人を、わたしたちは、叱る。少しずつ、少しずつ、その人の一部を「殺し」ていく。そのやり方は反社会的でもなく、虐待でもないから、別に咎（とが）められたりはしない。でもその人の一部は確実に「死」に向かう。

とし子さんは、それをちゃんと表現できただけ。みんな同じなのだ、本当は。叱られることは、死よりもつらいこと。わたしを叱らないで。ただ、わたしをほめて。みんな望んでいるのは、本当はそれだけ。とてもシンプルなこと。わたしをほめて。

わたしを好きだと言うのは、恥ずかしいだろうから、ただ、わたしをほめて。

わたしたちは、みんな、ほめられたい。愛でられたい。えらいねって、言ってほしい。誰か、わたしを、ほめてほしい。わたしを叱らないで。叱られることは、死ぬほどつらいこと。叱られることは、わたしの一部が死んでしまうこと。わたしが何かをまちがっても、叱らないで。注意してくれるのはいいけれど、叱らないで。

わたしたちは、ほめられるために生きている。誰かにほめて、愛でてもらうために生きている。叱られることで、死にたくない。わたしの一部を殺さないで。わたしがどんなにまちがっても、どんなにひどいことをしてしまっても、どんなにあなたが気に入らなくても、どうか、わたしを許してください。この世にいる限り、わたしは許されていてほしい。叱られないわたしでいたい。

叱られてきて、たくさん叱られたことが積み重なると、自分の一部は死んでしまっているから、かわいそうなわたしになる。そんなに叱られるわたしだから、自分のことは許せなくなる。いつも、何か、自分が悪いことをしたんじゃないか、と思うようになる。

どんなに叱られてきても、それはあなたが悪かったのではない。叱った相手が、叱られた、とあなたに思わせた時点で、注意喚起の仕方がまちがっていたのだ。叱った相手のほうに、あなたを叱らなければならない理由があったのであって、あなたが悪かったのではない。あなたは、もう許されているし、自分を許していい。自分が許せないと、どうやって他人を許せるだろう。他人を叱らないような自分になれるだろう。

覚えておられますか、この本の冒頭で書いた、「自己憐憫と罪悪感が魔の正体」。闘わねばならないものがあるとしたら、自己憐憫と罪悪感だけ。叱られてきたあなたを、自分で許すだけ。自分を許し、人をほめる。叱らなくていい、誰も叱らなくていい。

ただ、この世に生まれ、同じ時代を共有している喜びを、あなたと、愛でていたいのだ。

あとがき

この本は、ミシマ社が毎日更新するウェブ雑誌「みんなのミシマガジン」に、二〇一四年八月より毎月連載している「おせっかい宣言」を書籍化したものである。この連載は、二〇一六年の時点で一度『女たちが、なにか、おかしい』というタイトルで書籍化された。この本は、その後の二度目の書籍化である。

書き手は自らが書きたいものを書くのではない。自らが持っているものを編集担当者に引き出してもらって、書かせてもらっているのだ。担当の星野友里さんは、連載を始める前に何度もわたしに会いに来てくださって、満を持して、「おせっかい宣言」というタイトルをつけてくださった。そのいただいたタイトルと、そして、ミシマ社、というとても特別で和気藹々（わきあいあい）とした志高い出版社の雰囲気に、いつも、思ってもいなかったものを引き出してもらってきた。

今回のタイトル「自分と他人の許し方、あるいは愛し方」は、そのようにして引き出していただいた文章を、まとめて読んで、ミシマ社のみなさまがつけてくださったタイトルである。わたしが書いたものが、そのようなタイトルのうちに収束していくのをみることは、また、あらたなる魔法のようで、ミシマ社さんとの仕事は本当に楽しい。このタイトルをいただいたので、まえがきとエピローグを書き足した。

人はただ、ほめてもらいたいもの、というのがエピローグである。ほめ上手の敏腕編集者星野友里さんのおかげで出来上がった一冊である。星野さんをはじめとするミシマ社のみなさまに心からお礼申し上げたい。ありがとうございました。

二〇二〇年四月十日
COVID-19による緊急事態宣言の東京にて

三砂ちづる

本書は「みんなのミシマガジン」（mishimaga.com）に
「おせっかい宣言」（二〇一六年十一月〜二〇二〇年三月）と題して
連載されたものを再構成し、書き下ろしを加えて加筆・修正したものです。

三砂ちづる（みさご・ちづる）

1958年、山口県生まれ。兵庫県西宮市で育つ。京都薬科大学卒業。ロンドン大学Ph.D.(疫学)。津田塾大学多文化・国際協力学科教授。著書に『女たちが、なにか、おかしい　おせっかい宣言』（ミシマ社）、『オニババ化する女たち』（光文社新書）、『死にゆく人のかたわらで』（幻冬舎）、『少女のための性の話』（ミツイパブリッシング）など多数。

装丁
漆原悠一（tento）

装画
朝野ペコ

自分と他人の許し方、あるいは愛し方

二〇二〇年五月二十四日　初版第一刷発行

著　　者　三砂ちづる
発 行 者　三島邦弘
発 行 所　（株）ミシマ社
〒一五二-〇〇三五
東京都目黒区自由が丘二-六-一三
電　話　〇三（三七二四）五六一六
FAX　〇三（三七二四）五六一八
e-mail　hatena@mishimasha.com
URL　http://www.mishimasha.com/
振　　替　〇〇一六〇-一-三七二九七六

印刷・製本　（株）シナノ
組　　版　（有）エヴリ・シンク

ISBN　978-4-909394-37-8

ISBN978-4-903908-87-8
1600円

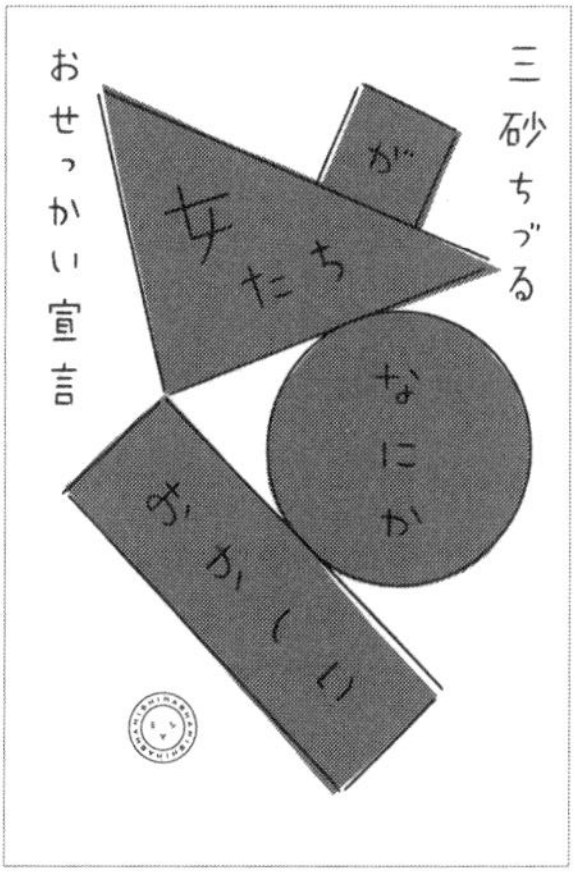

女たちが、なにか、おかしい

おせっかい宣言

三砂ちづる

恋愛しない男女、不機嫌な夫婦、見失われる人間の本能…に活を入れ、
若者の可能性、受け継ぎたい知恵、外国で見つけた希望の芽…を言祝ぐ。
ミサゴ先生の、耳にイタく、心にあたたかい話。

第1章　女たちよ｜第2章　本能｜第3章　人間の暮らし
第4章　あなたの望んだ世界｜第5章　愛することと祈ること

（価格税別）

好評既刊

ISBN978-4-903908-32-8
1600円

小商いのすすめ

「経済成長」から「縮小均衡」の時代へ

平川克美

経済成長なき時代の生き方。
「いま、ここ」に責任をもつ。地に足をつけて、互いに支え合い、ヒューマンスケールで考える。時代のキーワード「小商い」を生んだロングセラー。

ISBN978-4-903908-84-7
1600円

お世話され上手

釈 徹宗

迷惑かけ合いながら生きましょ。
グループホーム「むつみ庵」を営み、お寺の住職かつ宗教研究者である著者が、「これからの救い」の物語を語る。老いも認知症も、こわくない！

ISBN978-4-909394-33-0
1700円

坊さん、ぼーっとする。

娘たち・仏典・先人と対話したり、しなかったり

白川密成

期待せずに、平気で待つ勇気。
「人生ってなんだと思う？」「人生は思いだよ」。娘たちとの日常や秘伝『理趣経』をひもときながら綴る、進化するポップな坊さんの現在地。

（価格税別）